Ο ΕΡΩΤΕΥΜΕΝΟΣ ΠΥΡΟΣΒΕΣΤΗΣ

Άλλα έργα του συγγραφέα

Ο χιονάνθρωπος και το κορίτσι, «Κέδρος»
Το όνειρο του σκιάχτρου, «Εστία»
Ο Ιγνάτιος και η γάτα, «Χαρταετός»
Ιστορίες από το νησί των πυροτεχνημάτων, «Κέδρος» (9 τίτλοι)
Το θέατρο με τη μισή αυλαία, «Κασταντιώτης» (3 τίτλοι)
Φρουτοπία, Α΄ κύκλος, «Εκδόσεις Πατάκη» (5 τίτλοι)
Φρουτοπία, Β΄ κύκλος, «Εκδόσεις Πατάκη» (8 τίτλοι)
Τα παραμύθια με τους αριθμούς, «Μίνωας» (4 τίτλοι)
Το στοχολούλουδο, «Ακρίτας»
Το σεντούκι με τις πέντε κλειδαριές, «Κέδρος»
Οι πειρατές της καμινάδας, «Ψυχογιός»
Τα 88 ντολμαδάκια, «Καλέντης»
Η ζωγραφιά της Χριστίνας, «Ψυχογιός»
Τα μακρουλά μικρούλικα, «Κέδρος» (4 τίτλοι)
Τα μαγικά μαξιλάρια, «Εκδόσεις Πατάκη»
Ο ερωτευμένος πυροσβέστης, «Εκδόσεις Πατάκη»
Δωράκια (4 τίτλοι), Εκδόσεις Ελληνικά γράμματα
Τα τρία μικρά λυκάκια, «Μίνωας»
Η Χαρά και το Γκουντούν, «Εκδόσεις Πατάκη» (8 τίτλοι)
Ο ταξιδιώτης και η μαργαρίτα, «Εκδόσεις Πατάκη»
Διακοπές με τον Ευγένιο Τριβιζά στο νησί των πυροτεχνημάτων, «Εκδόσεις
    Πατάκη» (δύο τεύχη για κάθε τάξη του δημοτικού)
Το μυστικό ημερολόγιο των διακοπών μου, «Εκδόσεις Πατάκη»
    (για όλες τις τάξεις του δημοτικού)
Ιστορίες με προβοσκίδα, «Κέδρος» (4 τίτλοι)
Η δική μας σειρά (Εικόνες Α. Κυριτσόπουλος), «Εκδόσεις Πατάκη» (3 τίτλοι)
Τα μυστικά των κύκνων, «Άμμος» (3 τίτλοι υπό έκδοση)
Οι μυστικές περιπέτειες της Λίζας, «Μίνωας» (3 τίτλοι)
Οι περιπέτειες του υπαστυνόμου Παντεσπάνη, «Μίνωας» (3 τίτλοι)
Η χαμογελαστή σειρά (4 τίτλοι), «Μίνωας»
Παραμύθια ντορεμίθια, «Ελληνικά Γράμματα» (4 τίτλοι)
Αλφαβητάρι με γλωσσοδέτες, «Ελληνικά Γράμματα»
Η παρεούλες της Αλφαβήτας, «Ελληνικά Γράμματα»
Φρικαντέλα: Η μάγισσα που μισούσε τα κάλαντα, «Άμμος»
Η φάλαινα που τρώει τον πόλεμο, «Μίνωας»

ΕΥΓΕΝΙΟΣ ΤΡΙΒΙΖΑΣ

Ο ΕΡΩΤΕΥΜΕΝΟΣ ΠΥΡΟΣΒΕΣΤΗΣ

ΠΕΜΠΤΗ ΕΚΔΟΣΗ

ΕΚΔΟΣΕΙΣ ΠΑΤΑΚΗ

Εκδόσεις Πατάκη – Σύγχρονη ελληνική λογοτεχνία
Πεζογραφία – 6
Ευγένιος Τριβιζάς *Ο ερωτευμένος πυροσβέστης*
Επιμέλεια χειρογράφου-επιμέλεια έκδοσης Κώστας Σταμάτης
Σύνθεση εξωφύλλου Γιάννης Λεκκός
Τυπογραφικές διορθώσεις Έφη Γιαννοπούλου
Φωτοστοιχειοθεσία Π. Καπένης
Φιλμ Φ. Βλάχος & Σία, μοντάζ Ρ. Αμολοχίτου
Copyright© Στέφ. Αλ. Πατάκης και Ευγένιος Τριβιζάς
Αθήνα 1992
Πρώτη έκδοση Αθήνα, Νοέμβριος 1992
Η παρούσα εκτύπωση έγινε Ιούνιο 2000
Κ.Ε.Π. 599/00
ISBN 960-293-791-2

ΕΚΔΟΣΕΙΣ
ΠΑΤΑΚΗ

ΒΑΛΤΕΤΣΙΟΥ 14, 106 80 ΑΘΗΝΑ, ΤΗΛ.: (01)36.38.362 - (01)36.45.236 - FAX: (01)36.28.950
ΚΕΝΤΡΙΚΗ ΔΙΑΘΕΣΗ: ΕΜΜ. ΜΠΕΝΑΚΗ 16, 106 78 ΑΘΗΝΑ, ΤΗΛ.: (01)38.31.078
ΥΠΟΚ/ΜΑ: Ν. ΜΟΝΑΣΤΗΡΙΟΥ 122, 563 34 ΘΕΣΣΑΛΟΝΙΚΗ, ΤΗΛ.: (031)70.63.54-5
Web site: http://www.patakis.gr • e-mail: info@patakis.gr, sales@patakis.gr

ΠΕΡΙΕΧΟΜΕΝΑ

Στην Αγάπη
και στην Αριάννα

Η ΑΛΛΗ ΒΑΒΕΛ

ΚΑΙ ο καθένας μιλούσε τη δική του γλώσσα· κι είχε ο καθένας τη δική του φωνή. Κι έχτιζαν οι γιοι του ανθρώπου έναν πύργο που η κορυφή του θ' άγγιζε τον ουρανό.

Δεν είχαν ανάγκη να μιλούν για να συνεννοούνται: τα μάτια καθρέφτιζαν τη σκέψη τους· τα δάκρυα την απογοήτευση, οι ρυτίδες την κούραση, τα χαμόγελα την ικανοποίησή τους. Δούλευαν σιωπηλά, αρμονικά. Και ο πύργος υψωνόταν.

Και ο Προγραμματιστής κατέβηκε να δει τον πύργο που είχαν χτίσει οι γιοι του ανθρώπου. Και τους έκανε να μιλούν όλοι την ίδια γλώσσα, έτσι που να εννοεί ο ένας τα λόγια του άλλου.

Άρχισαν τότε να γεύονται τις λέξεις, να πείθουν, να μεταπείθουν, να διαφωνούν, ν' αντιγνωμούν για το χρονοδιάγραμμα, τους σκο-

11

πούς, το ρυθμό, τους στόχους. Άρχισαν να δυσφορούν, ν' αναθεωρούν, να δημηγορούν, να κατηγορούν. Χωρίστηκαν σε ομάδες εχθρικές. Όπλα έγιναν τα εργαλεία. Πολλοί σκοτώθηκαν. Δε χτίστηκε, ποτέ δε θα χτιστεί ο πύργος.

ΤΟ ΑΣΘΕΝΟΦΟΡΟ

Π ΕΡΑΣΜΕΝΕΣ έξι κι ακόμα να φανεί η Πανδώρα για το μάθημα του πιάνου. Ο Ευριπίδης τράβηξε την ξεθωριασμένη κουρτίνα και έριξε μια ματιά στον ήσυχο δρόμο.

Ψιλόβρεχε. Ο ουρανός μουντός, συννεφιασμένος. Μπροστά στο σπίτι του, μισοκαβαλημένο στο πεζοδρόμιο, είδε ένα ασθενοφόρο. Πιο κάτω μια παρέα πιτσιρίκια έπαιζαν μπάλα. Η Πανδώρα δε φαινόταν πουθενά.

— Πάλι τα ίδια! μουρμούρισε μέσα από τα δόντια του.

Νιώθοντας ένα σφίξιμο στην καρδιά, έψησε καφέ, άλλαξε μπαταρίες στο κασετόφωνο, κάθισε στο πιάνο, μέτρησε τα πλήκτρα. Έλειπαν δύο. Μαζί με τα τέσσερα που είχαν ήδη κάνει φτερά, έξι συνολικά! Αναστέναξε.

Τις τελευταίες βδομάδες, που το είχε βάλει

13

πείσμα να ριχτεί με τα μούτρα στη δουλειά, να συγκεντρωθεί, ν' αφοσιωθεί, ν' αποτελειώσει την τελευταία του σύνθεση, να μην την εγκαταλείψει πάλι πτοημένος από τη βασανιστική απουσία έμπνευσης, να την ολοκληρώσει τέλος πάντων και να την αφιερώσει πανηγυρικά στην Πανδώρα, είχε παρατηρήσει ότι κάθε τόσο έλειπαν κάποια πλήκτρα από το πιάνο. Προφανώς κάποιος τα έκλεβε. Αλλά ποιος; Ο πατριός της Πανδώρας; Η νευρασθενική γειτόνισσα με τον κουφό σύζυγο; Ο ανισόρροπος φαρσέρ του δελτίου ειδήσεων; Δεν ήξερε. Όπου να 'ναι θα το μάθαινε όμως. Είχε το σχέδιό του.

Έσυρε κοντά του το φλιτζάνι, ρούφηξε μια γουλιά ζεστό καφέ, προσπάθησε να συγκεντρωθεί. Άδικος κόπος, είχε αλλού το νου του: στο ασθενοφόρο...

«Γιατί άραξε εδώ;» αναρωτήθηκε. «Άρρωστος θα 'ναι κάποιος. Αλλά ποιος;... Ο φιλάσθενος εφοριακός το δίχως άλλο! Βρε, το φουκαριάρη!»

Έδιωξε από το μυαλό του το ασθενοφόρο και τον εφοριακό, και κατανικώντας μια ανεπαίσθητη ναυτία άγγιξε χαϊδευτικά με τ' ακροδάχτυλα τα πλήκτρα. Ένιωσε κάτι που έμοιαζε με έμπνευση να τον παρασύρει. Στρώ-

14

θηκε στη δουλειά. Δούλεψε ασταμάτητα ώσπου πήρε να σκοτεινιάζει. Ζέστανε ύστερα τα μακαρόνια —είχαν περισσέψει από χτες— και δείπνησε στο τραπέζι της κουζίνας, που ήταν γεμάτο από τ' άπλυτα πιάτα και τα φλιτζάνια του τελευταίου μήνα. Όταν βγήκε για να πετάξει τα σκουπίδια, αντίκρισε πάλι το ασθενοφόρο. Η μηχανή αναμμένη, ο οδηγός απών. Περίεργο! Να 'χε μείνει από λάστιχο; Έκανε ένα γύρο, κλότσησε με τρόπο τα λάστιχα ένα ένα: όλα φουσκωμένα.

Το 'χε πάρει απόφαση να ξαγρυπνήσει εκείνο το βράδυ, να αιφνιδιάσει τον κλέφτη των πλήκτρων. Έσβησε τα φώτα και βολεύτηκε στην πολυθρόνα στηρίζοντας τους αγκώνες στα τριμμένα μπράτσα.

Μπορούσε να διακρίνει στο μισοσκόταδο το περίγραμμα του πιάνου, την πόρτα που οδηγούσε στο χολ. Από το άνοιγμα της κουρτίνας, μια λωρίδα φως από τη λάμπα του δρόμου έπεφτε πάνω στη φλοκάτη που του είχε χαρίσει η Πανδώρα. Του φάνηκε ότι άκουσε το ειρωνικό γέλιο της. Ύστερα τη μηχανή μιας μοτοσικλέτας που πέρασε φουλαριστή απ' έξω...

***

15

Ξύπνησε μεσημέρι, περασμένες δώδεκα. Στα χείλη του ένιωθε ακόμα τα αχνιστά χείλη της Πανδώρας. Σηκώθηκε με κόπο. Αισθανόταν παράξενα: τα μέλη του πιασμένα, οι κλειδώσεις του πονούσαν.

Πλησίασε το πιάνο, μέτρησε τα πλήκτρα. Ανάσανε με ανακούφιση. Εκτός από τα έξι που ήδη είχαν κάνει φτερά, τα υπόλοιπα βρίσκονταν άθικτα στη θέση τους. Έπρεπε να βιαστεί ωστόσο, δεν είχε καιρό για χάσιμο. Έφαγε στα σβέλτα μια φέτα βουτυρωμένο ψωμί και βγήκε αξύριστος να πάρει τσιγάρα.

Το ασθενοφόρο, ολόλευκο, πεντακάθαρο, ξεπλυμένο από τη βροχή, τον περίμενε μπροστά στην πόρτα, με τον κόκκινο σταυρό ν᾽ αστράφτει στο πλευρό του.

Ξέχασε τα τσιγάρα και κατανικώντας την έμφυτη δειλία του πέρασε από την άλλη μεριά του δρόμου και χτύπησε το κουδούνι του σπιτιού με τα πρασινοβαμμένα παράθυρα και τα καχεκτικά ηλιοτρόπια στον κήπο.

Άνοιξε η γυναίκα του εφοριακού, ξεχτένιστη, τυλιγμένη σε μια λουλουδάτη ρόμπα με ανασκουμπωμένα μανίκια. Τον χαιρέτησε με ύφος στυφό.

— Με συγχωρείτε, κυρία Πενθεσίλα, άρχισε μουδιασμένος ο Ευριπίδης, ήθελα να σας

16

ρωτήσω... —κόμπιασε— για το... το ασθενο-
φόρο.

— Το ποιο;

— Το ασθενοφόρο.

— Ποιο ασθενοφόρο; ρώτησε ενοχλημένη.

— Αυτό εκεί!

Της έδειξε:

— Δε βλέπω τίποτα!

Την κοίταξε απορημένος:

— Δε βλέπετε;

— Όχι. Ο άντρας μου ο προκομμένος κάθισε
πάνω στα γυαλιά μου την ώρα που τον έγδυνα!
Τα έσπασε. Επίτηδες!

— Αλήθεια, πώς είναι ο σύζυγος; επωφε-
λήθηκε από την ευκαιρία ο Ευριπίδης. Του
πέρασε η τελευταία κρίση; Είναι τώρα... κα-
λά;

— Καλύτερα. Τα νεύρα του μόνο... Τον ε-
νοχλούν όταν βαράτε το πιάνο τις ώρες που
τον αλλάζω.

— Συγγνώμη... απολογήθηκε ο Ευριπίδης
με μισή φωνή, δεν ήξερα... πού να φαντα-
στώ...

— Θα μου χυθεί το γάλα! έμπηξε μια φωνή
η κυρία εφοριακού και χάθηκε στο εσωτερικό
του σπιτιού αφήνοντας ανοιχτή την ξώπορτα.

Ο Ευριπίδης σκέφτηκε να την ακολουθήσει.

17

Το μετάνιωσε όμως και τράβηξε για το περίπτερο.

***

Πόσο είχε λείψει; Δέκα λεπτά; ένα τέταρτο; Μόλις κάθισε στο πιάνο, διαπίστωσε ότι έλειπε ένα ακόμα πλήκτρο. Αντί να τον αποθαρρύνει η κλοπή, χαλύβδωσε τη θέλησή του.

Παρ' όλες τις κράμπες που ένιωθε στα πόδια και τον πονοκέφαλο που του 'σφιγγε το κεφάλι, κατάφερε να δουλέψει κάμποσες ώρες. Τον ξύπνησε ένα χτύπημα στην ξώπορτα. Έτρεξε ν' ανοίξει. Περίμενε ν' αντικρίσει την Πανδώρα· ντροπαλή, μετανιωμένη, χωρίς εσώρουχα, μ' ένα μπουκέτο λαμπηδούσες στα χέρια.

Δεν ήταν η Πανδώρα. Ένας ξερακιανός φοιτητής με γυαλιά και πεταμένο καρύδι στο λαιμό χαμογελούσε δείχνοντας τα στραβά του δόντια. Πουλούσε βιβλία με δόσεις. Ενοχλητικός, επίμονος, προσπάθησε να του πλασάρει ένα ιατρικό λεξικό.

— Ορίστε! του έδειξε. Αυτοί οι δύο πανόδετοι τόμοι περιέχουν συνοπτικά και σε γλώσσα καταληπτή τα συμπτώματα όλων των γνωστών ασθενειών, περιλαμβανομένων των σπα-

18

νιοτέρων τροπικών. Με την παραμικρή ενόχληση, δύσπνοια, ταχυπαλμία, εμβοές στα ώτα ή άφθες στο στόμα, φέρ᾽ ειπείν, μπορείτε να ανατρέξετε στο κατάλληλο λήμμα, οιδήματα, πολύποδες, παθήσεις του πεπτικού ή των νεφρών, ή οτιδήποτε άλλο επιθυμείτε, και να διαπιστώσετε αυτοστιγμεί ποια είναι η πιθανότερη αιτία των συμπτωμάτων, κατά πόσον η ασθένεια είναι αθεράπευτη ή αν υπάρχει ελπίς...

— Δεν ενδιαφέρομαι, τον έκοψε ήρεμα αλλά αποφασιστικά ο Ευριπίδης, να μου λείπει!

— Θα μου επιτρέψετε να διαφωνήσω. Ο φοιτητής κούνησε το δάχτυλό του. Όλοι χρειαζόμαστε ένα ιατρικό λεξικό. Ουδείς άτρωτος. Ιδίως εσείς! Ξέρετε πόσα κρούσματα τυμπανίτιδος είχαμε στην πόλη μας την τελευταία τριετία; Είκοσι επτά! Μπορείτε, εάν επιθυμείτε, να επωφεληθείτε από την προσφορά, να το αγοράσετε με δόσεις...

Με τα πολλά κατάφερε να τον ξεφορτωθεί.

— Θα επανέλθω! είπε ο φοιτητής μ᾽ έναν τόνο απειλής στη φωνή του. Και να δείτε που θα παρακαλάτε γονατιστός να σας το δώσω!

«Τι του λες τώρα;» σκέφτηκε ο Ευριπίδης, όπως του έκλεινε κατάμουτρα την πόρτα.

Το ίδιο βράδυ δεν μπόρεσε να κοιμηθεί από

19

τη δύσπνοια. Το πρωί το στόμα του ήταν γεμάτο άφθες.

***

Ούτε την άλλη Πέμπτη ήρθε η Πανδώρα.

Το ασθενοφόρο εξακολουθούσε να περιμένει στην ίδια πάντα θέση. Τα χέρια του έτρεμαν όπως έσφιγγαν την κουρτίνα. Με δυσκολία άναψε ένα τσιγάρο. Του μπήκε στο μυαλό η ιδέα ότι το ασθενοφόρο ήταν υπεύθυνο για την απουσία της μαθήτριάς του. Πολύ πιθανό να έφτανε ως την καμπή του δρόμου η Πανδώρα, να 'βλεπε το ασθενοφόρο και από λεπτότητα να πήγαινε σινεμά, για να μην του προκαλέσει στύση σε περίπτωση που χαροπάλευε ή για να μην εκτεθεί σε ιούς και μικρόβια, σε περίπτωση που η ασθένειά του ήταν λοιμώδης.

Είχε παρατραβήξει η ιστορία. Έπρεπε να δράσει· να διαμαρτυρηθεί. Άλλαξε κάλτσες, φόρεσε το μοναδικό σιδερωμένο πουκάμισο, το καλό του μπουφάν και μάλλινα γάντια, για να μη φαίνονται τα λέπια που είχαν εμφανιστεί στις παλάμες του, ήπιε στα όρθια λίγο γάλα και πήρε το δρόμο για το κέντρο της επαρχιακής πόλης.

Βάδισε κάμποσο στα στενά δρομάκια, ώσπου έφτασε στο τετράγωνο που υψωνόταν ο σταθμός της χωροφυλακής. Καθώς έστριβε τη γωνία, είδε εργάτες και υδραυλικούς να επισκευάζουν το ερειπωμένο κτίριο. Μαδέρια, τούβλα, ασβέστης και σωλήνες. Ζύγωσε σιγά σιγά, τους χάζεψε που δούλευαν. Ρώτησε με τρόπο, αλλά το μόνο που κατάφερε να μάθει ήταν ότι οι υπόδικοι είχαν ανατινάξει το αποχετευτικό σύστημα. Κανείς δε γνώριζε λεπτομέρειες.

Σκαρφάλωσε με δυσκολία από μια σκαλωσιά, που όπως τον διαβεβαίωσε ένας υδραυλικός οδηγούσε στο γραφείο του ανακριτή, προσέχοντας να μην γκρεμοτσακιστεί, επειδή η όρασή του είχε εξασθενίσει τις τελευταίες μέρες. Όπως σκαρφάλωνε, προσπαθούσε να πείσει τον εαυτό του ότι δεν ήταν πλάσμα της φαντασίας του, ότι το ασθενοφόρο βρισκόταν όντως παρκαρισμένο, μέρες τώρα, μπροστά στο σπίτι του.

Ο ανακριτής, με καλοσιδερωμένη στολή, παχύ μουστάκι, διάβαζε με ύφος σκεπτικό τις νεκρολογίες στη χτεσινή εφημερίδα. Πίσω του, στον ασβεστωμένο τοίχο, κρεμόταν ένα γυμνό: μια αφράτη οδαλίσκη, μ' έναν ευνούχο χωμένο ανάμεσα στα πόδια της. Μια επιγραφή με τη λέξη «ΚΑΤΑΣΧΕΤΑΙ» της κάλυπτε διαγώνια το στήθος.

21

— Παρακαλώ; ρώτησε ευγενικά ο ανακριτής διπλώνοντας την εφημερίδα.

Ο Ευριπίδης ξερόβηξε για να καθαρίσει το λαιμό του.

— Περί τίνος πρόκειται; χαμογέλασε ο ανακριτής.

— Ένα ασθενοφόρο! Άραξε χωρίς λόγο κι αφορμή στην είσοδο του σπιτιού μου! μπήκε κατευθείαν στο θέμα ο Ευριπίδης.

Ο ανακριτής δε φάνηκε να θορυβείται.

— Ε, και; ρώτησε ανέκφραστος.

— Σας το λέω!

— Γιατί;

— Για να επιληφθείτε!

— Δηλαδή;

— Να στείλετε ένα γερανό!

— Να κάνει τι;

— Να το πάει αλλού!

— Πού;

— Αυτό είναι δικό σας θέμα!

Ο ανακριτής χάιδεψε το πιγούνι του.

— Δεν είναι τόσο απλά τα πράγματα, κύριε... κύριε...

— Ευριπίδης.

— Δεν είναι τόσο απλά τα πράγματα, κύριε Ευριπίδη... Και πρώτα πρώτα, τι αριθμό έχει αυτό το δήθεν ασθενοφόρο που έχετε την εντύπωση ότι βρίσκεται παρκαρισμένο, κατά τη γνώμη σας παράνομα, μπροστά στην είσοδο του υποτιθέμενου σπιτιού σας;

— Δε θυμάμαι. Νομίζω... μου φαίνεται... δεν έχει...

— Κατάλαβα. Μπορείτε να μου περιγράψετε τον οδηγό;

— Ούτε οδηγό έχει.

— Αχά! είπε ο ανακριτής και υπογράμμισε κάτι στην εφημερίδα μ' ένα κόκκινο μολύβι. Προφανώς κάτι θα του συνέβη.

— Τι;

— Ξέρω γω; Τι να σας πω; Ίσως αδιαθέτησε.

— Αποκλείεται!

— Γιατί; Επειδή είναι οδηγός ασθενοφόρου, αποκλείεται να αδιαθετεί; Με την ίδια λογική, οι οδηγοί νεκροφόρας θα ήταν αθάνατοι. Ο συλλογισμός σας πάσχει. Ίσως κι εσείς!

Ο Ευριπίδης έφτυσε με τρόπο το σφράγισμα που είχε φύγει από το δόντι του.

— Παρακωλύει την πρόσβαση επισκεπτών στην κατοικία μου, δοκίμασε πάλι ξεπετσιάζοντας τα χείλη του.

Ο ανακριτής υπογράμμισε άλλη μια φράση στην εφημερίδα.

23

— Επισκεπτών; Τι επισκεπτών; ρώτησε με συγκατάβαση.

— Επαιτών, προσκόπων, εφοριακών, κυριών του φιλοπτώχου!

— Αυτό είναι το λιγότερο. Έχετε και πίσω πόρτα. Δεν έχετε; Εγώ αν ήμουνα στη θέση σας —εδώ ο ανακριτής έσκυψε πάνω στο γραφείο και χαμήλωσε τον τόνο της φωνής του—, εγώ αν ήμουνα στη θέση σας θα θεωρούσα τον εαυτό μου τυχερό!

— Τυχερό;

— Μάλιστα, κύριε Ευριπίδη. Τυχερό. Ξέρετε πόσοι συμπολίτες μας τινάζουν τα πέταλα κάθε λίγο και λιγάκι επειδή οι δρόμοι είναι μποτιλιαρισμένοι και το ασθενοφόρο δεν προλαβαίνει να φτάσει εγκαίρως στον προορισμό του, για να τους προσκομίσει στο σταθμό πρώτων βοηθειών; Ξέρετε πόσα κρούσματα τυμπανίτιδας είχαμε στην πόλη μας τα τελευταία τρία χρόνια;

— Είκοσι επτά.

— Ακριβώς!

— Εγώ δεν έχω φόβο. Ο Ευριπίδης έκρυψε τα χέρια στις τσέπες του μπουφάν. Δεν είμαι ασθενής. Δηλαδή... τα ελέγχω τα συμπτώματά μου...

— Αυτό αποκλείεται να το γνωρίζετε. Τώρα, ενώ μιλάμε, κάποιο αόρατο μικρόβιο μπορεί να περιφέρεται ασύδοτο στο παχύ σας έντερο. Κάποιο απειροελάχιστο κύτταρο μπορεί ήδη να έχει αρχίσει να πολλαπλασιάζεται με φρενήρη ρυθμό στη σπλήνα σας... Αφήστε δε τα ατυχήματα...

— Ποια ατυχήματα;

— Μια σκάλα που πέφτει την ώρα που πάτε να κρύψετε τα πορνογραφικά περιοδικά στο πατάρι· μια λυσσασμένη γάτα, που πηδάει μέσα από το σκοτάδι πάνω στο στήθος σας· ένα σκουριασμένο καρφί στο παρτέρι με τα τετράφυλλα τριφύλλια, ένα μολυσμένο στρείδι στην κακόφημη ταβέρνα. Πόσα και πόσα τέτοια... Πόσα και πόσα...

Ο ανακριτής αναστέναξε. Άνοιξε ένα συρτάρι και έβγαλε έναν κίτρινο παραφουσκωμένο φάκελο.

— Ορίστε! Είναι γεμάτος με περιπτώσεις συμπολιτών μας που γλιστράνε στο σαπούνι της μπανιέρας τους ή φιλάνε στον ύπνο τους αμαρτωλές γυναίκες...

— Αμαρτωλή; Η Πανδώρα; Η Πανδώρα είναι ενάρετη! Και για να το αποδείξω, θα της αφιερώσω τη σύνθεσή μου!

— Συνθέτης είσαστε;

— Μάλιστα.

25

— Είπατε «Πανδώρα»;

— Πανδώρα.

— Αχά! Η Πανδώρα πάλι!

Ο Ευριπίδης ένιωσε το αίμα να του ανεβαίνει στο κεφάλι.

— Τι εννοείτε, κύριε ανακριτά, «Αχά! Η Πανδώρα πάλι»;

— Τίποτα, τίποτα απολύτως. Δεν έχω διάθεση για φασαρίες. Ένα σας λέω: ένα ασθενοφόρο παρκαρισμένο μονίμως στην πόρτα σας είναι μια κάποια εξασφάλιση, βρε αδερφέ! Λογαριάστε το κι αυτό!

— Μα γιατί ειδικά σ' εμένα; Γιατί στο δικό μου σπίτι; Τόσα σπίτια έχει ο δρόμος, τόσους δρόμους η κωμόπολη!...

— Συνθέτης δεν είπατε ότι είσαστε; Και τώρα που το θυμήθηκα, έχουμε κάτι παράπονα από τους γείτονές σας. Η κυρία εφοριακού, για παράδειγμα, παραπονείται ότι το πιάνο προκαλεί συχνουρία στο σύζυγό της...

Ο ανακριτής σώπασε για λίγο.

— Γιατί δεν προσπαθείτε να χαλιναγωγήσετε την έμπνευσή σας; συνέχισε. Γιατί αγνοείτε τις ώρες κοινής ησυχίας; Γιατί δεν αναπαύεσθε μια στάλα τα μεσημέρια; Σας βλέπω χλωμό... κομμένο. Υποφέρετε μήπως από αϋπνίες; Ονειρώξεις;

— Τώρα τελευταία κάπου κάπου ξενυχτάω... παραδέχτηκε ο Ευριπίδης.

— Τίποτε άλλα συμπτώματα;

— Τάση για εμετό... κράμπες... εκζέματα, πονοκέφαλοι, λέπια στις παλάμες, κόπρανα που επιπλέουν... διαλείψεις... Μικροπράγματα...

— Μπορεί να πρόκειται όντως για μικροπράγματα, δεν το αρνούμαι. Δεν είμαι ειδήμονας για να εκφέρω γνώμη. Για καλοσκεφτείτε το όμως! Τι σημαίνουν όλες αυτές οι... μικροενοχλήσεις;

— Τι σημαίνουν;

— Ότι κάποιο λόγο έχει το ασθενοφόρο να βρίσκεται παρκαρισμένο μπροστά στο σπίτι σας, στο δικό σας σπίτι!

— Αποκλείεται! διαμαρτυρήθηκε ο Ευριπίδης, και του έκανε έκπληξη η ένταση της φωνής του. Τα συμπτώματα άρχισαν να εμφανίζονται ακριβώς μετά την άφιξη του ασθενοφόρου. Υποπτεύομαι —τι λέω;— είμαι σίγουρος ότι τα προκάλεσε το ασθενοβόλο... το ασθενοφόρο, θέλω να πω...

— Αυτό σηκώνει συζήτηση. Κάλλιστα θα μπορούσε να υποστηρίξει κανείς ότι τα είχε προβλέψει ο προνοητικός που το ειδοποίησε!

27

Γι' αυτό έφτασε εγκαίρως: για να προλάβει το κακό!

— Ποιο κακό;

— Είπα «κακό»; Με συγχωρείτε! Άλλωστε δεν είμαι ειδικός· οι γνώσεις μου στον τομέα των αποσυνθέσεων είναι ελάχιστες... Εντολές εκτελώ. Και οι εντολές αυτές δεν περιλαμβάνουν τη λήψη μέτρων εναντίον ανύπαρκτων οδηγών ασθενοφόρων. Θα μου επιτρέψετε τώρα... Ο ανακριτής έκανε πίσω την πολυθρόνα του γραφείου: Πρέπει να... —έλυσε τη γραβάτα του και χαλάρωσε με το δάχτυλο το κολάρο— ...πρέπει να ανακρίνω την Πανδ..., μια πόρνη...

— Ίσως είναι κλεμμένο! έκανε μια τελευταία προσπάθεια ο Ευριπίδης.

— Ποιο;

— Το ασθενοφόρο!

— Δε μας έχει δηλωθεί κλοπή ασθενοφόρου, δήλωσε κοφτά ο ανακριτής. Αν γίνει καταγγελία, βλέπουμε! Τα ξαναλέμε.

Ο Ευριπίδης δε συγκρατήθηκε άλλο, ήθελε να τον προσβάλει.

— Για τον κλέφτη των πλήκτρων, που κυκλοφορεί ασύδοτος στην περιοχή της δικαιοδοσίας σας, τι έχετε να πείτε; ρώτησε.

— Τι να πω; Η συνηθισμένη δικαιολογία

28

των αποτυχημένων. Άλλος παραπονιέται ότι του κλέβουν τα πλήκτρα του πιάνου, άλλος τα πλήκτρα της γραφομηχανής του, άλλος τις τρύπες της φλογέρας του... Δε δίνουμε σημασία, είπε βαριεστημένα ο ανακριτής και έβγαλε από το συρτάρι του γραφείου του ένα μαστίγιο από μαύρο δέρμα.

— Τι είναι αυτό; ρώτησε σαστισμένος ο Ευριπίδης.

— Ποιο;

— Αυτό!

— Μαστίγιο.

Ο αξιωματικός είχε σηκωθεί όρθιος· ήταν πανύψηλος τώρα, φαινόταν νεότερος.

«Δεν πρέπει να τον εμπιστεύομαι» συλλογίστηκε ο Ευριπίδης. «Ίσως κάνει διπλή ζωή· ίσως είναι ο ασύλληπτος κλέφτης των πλήκτρων!»

Κατέβηκε με δυσκολία. Περίπου στη μέση αισθάνθηκε το κορμί του να βαραίνει σαν μολύβι· παρά λίγο να πέσει.

Όταν βρέθηκε πάλι στο δρόμο, ένας φριχτός πονοκέφαλος του έσφιγγε το κεφάλι. Προσπάθησε να συγκεντρώσει τις σκέψεις του. Ξαφνικά τον έπιασε το στομάχι του, του 'ρθε αναγούλα. Στηρίχτηκε με το ένα χέρι σε μια

29

κολόνα. Μια παρέα φαντάροι κοίταξαν προς το μέρος του γελώντας σιγανά μεταξύ τους. Μόλις συνήλθε συνέχισε το δρόμο του. Έπρεπε το δίχως άλλο να εντοπίσει τον οδηγό. Να μάθει ποιος ήταν, από ποιο νοσοκομείο και, το κυριότερο, ποιος τον είχε στείλει. Αποφάσισε να ρίξει μια ματιά στο γειτονικό καφενείο, πέντε βήματα από το σπίτι του.

Φτάνοντας άνοιξε την πόρτα με μια σπρωξιά. Πίσω από τον πάγκο ο καφετζής σκούπιζε ένα ποτήρι με μια λιγδιασμένη πετσέτα. Μια μαύρη γάτα με μαδημένα αυτιά κοιμόταν κουλουριασμένη πάνω στο φλιμπεράκι. Στην άλλη γωνία, σ' ένα μεταλλικό τραπέζι, ο πλασιέ των λεξικών έπαιζε τάβλι μ' ένα γεροδεμένο ψαρομάλλη, που φορούσε λευκή μπλούζα. Έκανε να τους πλησιάσει· παραπάτησε· ένιωσε να του κόβονται τα γόνατα, το κεφάλι του βούιζε...

Κάθισε στο διπλανό τραπέζι και άνοιξε μια αθλητική εφημερίδα, που βρήκε αφημένη στην καρέκλα. Οι άλλοι παίζανε τάβλι σιωπηλοί. Ο Ευριπίδης καμώθηκε ότι διαβάζει τους τίτλους και παρακολουθούσε με την άκρη του ματιού... Πρόσεξε μικρούς λεκέδες από αίμα στα μανίκια της μπλούζας του ψαρομάλλη. Ο καφετζής σταυροκοπήθηκε, άναψε τσιγάρο, πέρασε μια πόρτα και χάθηκε στο εσωτερικό της κουζίνας.

Η ευκαιρία που περίμενε παρουσιάστηκε ό-ταν ένα ζάρι ξέφυγε από το χέρι του φοιτητή, που το έπαιζε στη φούχτα του, κύλησε στο ρυπαρό μωσαϊκό. Ο Ευριπίδης ανακάθισε, στα-μάτησε το ζάρι με το πόδι, το μάζεψε! Ένιω-σε τη φούχτα του να μουδιάζει. Το πρόσωπό του συσπάστηκε από τον πόνο. Πλησίασε το τραπέζι τους. Δεν του έδωσαν σημασία.

— Ορίστε, είπε, το ζάρι σας.

— Δεν είναι δικό μας! Ο φοιτητής τον κοί-ταζε με μίσος στραβώνοντας το στόμα. Δικό σου είναι! συμπλήρωσε σαν να τον έφτυνε.

«Ας μην του πάω κόντρα» συλλογίστηκε ο Ευριπίδης και έκρυψε με τρόπο το ζάρι στην τσέπη του.

— Κοιτάτε, είπε, αν μείνατε από βενζίνη, θα σας βοηθήσω να το σπρώξετε...

— Ποιο;

— Το ασθενοφόρο.

— Ποιο ασθενοφόρο;

— Αυτό που έχετε παρκάρει έξω από το σπίτι μου...

Ένα βαρύ χέρι έπεσε στον ώμο του:

— Ενοχλείς τους πελάτες! άκουσε τη φωνή του καφετζή. Δίνε του! Δε θέλω φασαρίες!

31

Ένιωσε τον αέρα να σώνεται. Η ατμόσφαιρα ήταν αποπνικτική. Η αναπνοή του έβγαινε ασθματική, με δυσκολία. Ο καφετζής τον έσπρωχνε βάναυσα. Δεν αντιστάθηκε.

Όταν έφτασε στο σπίτι του, βρήκε μια κάρτα. Από την Πανδώρα. Μια πλαζ με ομπρέλες, ένα νεόδμητο ξενοδοχείο στο βάθος. Στην πίσω πλευρά, με στρογγυλά καλλιγραφικά γράμματα η Πανδώρα τον πληροφορούσε ότι είχε παντρευτεί τον καλτσοβιομήχανο που είχε γνωρίσει στο πάρτι της Πόπης και βρισκόταν στη Χαλκιδική για το μήνα του μέλιτος! Ένιωσε να τον κυριεύει πανικός. Έσκισε την κάρτα χωρίς να διαβάσει το υστερόγραφο και έτρεξε στην τουαλέτα. Έβγαλε τη γλώσσα του μπροστά στον καθρέφτη. Όπως το φαντα-ζόταν: κίτρινη, ερεθισμένη, διπλάσια σε μέγεθος από το κανονικό! Τα μάγουλά του είχαν πανιάσει και του είχαν πρηστεί οι αδένες στο λαιμό. Φύσηξε τη μύτη του· άνοιξε το μαντί-λι: γεμάτο γλοιώδες σπέρμα. Όταν αργότερα εξέτασε τα περιττώματά του, πρόσεξε ότι είχαν το ίδιο χρώμα με τη γλώσσα του — δεν ήταν κι εντελώς σίγουρος.

Τηλεφώνησε σε όλα τα νοσοκομεία του νο-μού για να μάθει αν τους έλειπε ασθενοφόρο, αλλά δεν έβγαλε άκρη: πότε το τηλέφωνο

32

βούιζε, πότε ο ρεσεψιονίστας ήταν μεθυσμένος, πότε μπερδεύονταν οι γραμμές και του απαντούσαν από το νεκροτομείο ή το ανθοπωλείο. Όπως και να 'χε το πράγμα, έπρεπε να αμυνθεί. Δεν είχε καιρό για χάσιμο. Ας έκλεβαν τα πλήκτρα, ας προσπαθούσαν να τον τρομοκρατήσουν με το ασθενοφόρο· εκείνος θα ολοκλήρωνε τη σύνθεσή του και θα την αφιέρωνε στη μνήμη της Πανδώρας.

Παρ' όλο που έλειπαν τώρα ίσαμε δώδεκα πλήκτρα, ρίχτηκε με τα μούτρα στη δουλειά, αποφασισμένος να μη σηκωθεί προτού ολοκληρώσει αυτό που τον βασάνιζε χρόνια τώρα· από τη στιγμή που είχε αντικρίσει την Πανδώρα. Τ' αυτιά του βούιζαν, οι κλειδώσεις του πονούσαν, παπαρούνες φύτρωναν ανάμεσα στα πρησμένα δάχτυλά του, που έτρεμαν ασυγκράτητα από τα ρίγη που τον διαπερνούσαν. Οι νότες άλλαζαν θέση στο χαρτί, συνωστίζονταν στα περιθώρια και από κει γλιστρούσαν αθόρυβα στο πάτωμα, μετάλλαζαν σε ταραντούλες και εκείνος μπουσουλώντας, πνιγμένος στον ιδρώτα, προσπαθούσε να τις μαζέψει. Δεν έβαζε μπουκιά στο στόμα του· του ήταν αδύνατο να καταπιεί: η γλώσσα και ο ουρανίσκος του είχαν καλυφθεί από φυσαλίδες και κρούστες, που έσκαγαν κάθε λίγο και λι-

33

γάκι αφήνοντας μια δυσάρεστη οσμή.

Παρ' όλη την εξάντληση που ένιωθε, δεν μπορούσε να κλείσει μάτι από την έξαψη. Τα βλέφαρά του είχαν μπλαβιάσει και ήταν πρησμένα. Είχε εκτός των άλλων και ακράτεια, αλλά δεν τον σήκωναν τα πόδια του να συρθεί στην τουαλέτα, ούτε ακόμα όταν μπούκωνε από τον εμετό. Ξερνούσε εκεί, στη φλοκάτη της Πανδώρας, που είχε γεμίσει με σκούρους λεκέδες και νεκρές ταραντούλες.

Στο παραλήρημά του έβλεπε την Πανδώρα αναμαλλιασμένη στο βάθος του δωματίου, αγκαλιά με το φοιτητή ν' αφήνει πνιχτές, λαχανιασμένες ανάσες, φωνίτσες και βογκητά ηδονής, όπως ο ανακριτής χαράκωνε με το μαστίγιο το γυμνό λαχταριστό της σώμα. Έπαιρνε μετά τα βογκητά, τις ανάσες, το σφύριγμα του μαστιγίου, το γέλιο του ανακριτή, τα μυριστικά, τους λεκέδες, τις σύριγγες, τα λουλούδια και τα τοποθετούσε προσεχτικά ανάμεσα στις νότες.

Δεν ήταν σίγουρος αν είχε περάσει μια μέρα μόνο ή ολόκληρη βδομάδα ή ακόμα παραπάνω όταν επιτέλους τελείωσε. Δάκρυσε από συγκίνηση. Στάλες αίμα έσταξαν στα πλήκτρα. Οι χυμοί του σώματός του είχαν απορρυθμιστεί. Ένιωθε το δεξί του πόδι παράλυτο και ο

34

πόνος στα νεφρά ήταν ανυπόφορος.

Ωστόσο σηκώθηκε με δυσκολία τρικλίζοντας, με τα χέρια σταυρωμένα γύρω στη μέση. Δεν είχε κάνει δυο βήματα και διπλώθηκε στα δυο, σωριάστηκε φαρδύς πλατύς στο πάτωμα.

Σφίγγοντας τα δόντια σούρθηκε μπουσουλώντας προς το παράθυρο. Ανασηκώθηκε γονατιστός, στηρίχτηκε στο περβάζι και με μια ύστατη προσπάθεια παραμέρισε την κλαρωτή κουρτίνα.

Το φως της μέρας ήταν πεντακάθαρο, γιορταστικό. Είδε τα ηλιοτρόπια στον κήπο του εφοριακού, ξεπλυμένα από τη βροχή, να αντικρίζουν ολόδροσα τον ήλιο· είδε τις ανταύγειες του ουράνιου τόξου να λαμπυρίζουν σε μια κηλίδα λαδιού στην άσφαλτο.

Το ασθενοφόρο είχε φύγει. Στην καμπή του δρόμου φάνηκε η Πανδώρα· αεράτη, βιαστική, ερχόταν για το μάθημα της Πέμπτης.

ΤΟ ΜΗΧΑΝΗΜΑ

ΕΝΑ καλοκαιριάτικο πρωί φέρανε το μηχάνημα στο αρχηγείο. Ο Γιάννης κατάλαβε αμέσως, από ένστικτο, λες, την απειλή. Έμεινε, με το δίσκο μετέωρο, να κοιτά φιλύποπτα τον εχθρό. Πάλλευκο, αστραφτερό, σίγουρο για τον εαυτό του, το μηχάνημα άφησε να το τοποθετήσουν στον τρίτο όροφο, κοντά στη σκάλα. Είχε ένα κίτρινο μάτι φωτεινό, στο πάνω μέρος δεξιά. Η λειτουργία του ήταν απλή: διάλεγες μ' ένα διακόπτη το ποτό, έριχνες ένα κέρμα και περίμενες να γεμίσει το πλαστικό ποτήρι.

Ο Γιάννης συνέχισε ν' ανεβαίνει σκεφτικός. Στο κατέβασμα, το βρήκε περικυκλωμένο από τους πρώτους θαυμαστές. Χωρίς να χάνει καιρό, έσπευσε να παραπονεθεί στον προσωπάρχη. Χρόνια τώρα κρατούσε το μικρό καφενείο στο αρχηγείο και από το πρωί ίσαμε το βράδυ

ανεβοκατέβαινε μ' ένα δίσκο τους ορόφους α-
κούραστος, αν και προχωρημένος στα χρόνια.
Ο προσωπάρχης δήλωσε ότι το μηχάνημα εξυ-
πηρετούσε· η δουλειά θα μοιραζόταν. Έπρεπε
να συμβιώσουν.

«Δε φαντάζομαι να μου κάνει και μεγάλη
ζημιά το μηχάνημα» προσπάθησε να πείσει
τον εαυτό του ο Γιάννης. «Γιατί να σηκώνεται
ο κόσμος από τα γραφεία και να τρέχει να το
προσκυνά; Άλλωστε, δεν ξέρει να χαμογελά,
ούτε να πετά καμιά καλή κουβέντα».

Άρχισε να πυκνώνει τις βόλτες, να δείχνει
πιο σβέλτος, πιο πρόσχαρος, να προλαβαίνει
να μας εξυπηρετεί προτού επιθυμήσουμε κάτι
παγωμένο και σπεύσουμε στο μηχάνημα. Παρ'
όλα αυτά, όταν κάτι έλειπε από το δίσκο του,
οι δυσαρεστημένοι δεν είχαν την υπομονή να
περιμένουν, έσπευδαν στο μασίνι· έτσι το λέ-
γαμε χαϊδευτικά. Οι πιστοί του πολλαπλα-
σιάζονταν.

Στο τέλος του πρώτου μήνα οι περισσότεροι
προτιμούσαν το μασίνι. Ο Γιάννης αναγκά-
στηκε ν' αλλάξει τακτική. Άρχισε μια άνευ
προηγουμένου δυσφημιστική εκστρατεία. Η
πρώτη διάδοση που έβαλε σε κυκλοφορία κα-
τηγορούσε το μηχάνημα ότι τρώει κέρματα.
Αυτό αναχαίτισε για κάμποσο τα κύματα των

πιστών· αποδείχτηκε όμως, τελικά, ότι κάτι
τέτοιο γινόταν μάλλον σπάνια για να το πάρει
κανείς στα σοβαρά.

Τα συνθήματα «Ανακατεύει την πορτοκα-
λάδα με κατακάθια από καφέ» και «Ρίχνει
σκουριά στην κόκα κόλα» προκάλεσαν μόνο
χαμόγελα και ας ξενύχτησε ο Γιάννης να τα
σοφιστεί.

Το μηχάνημα του έγινε εφιάλτης. Οι σκά-
λες τού φαίνονταν ατέλειωτες, οι διάδρομοι
λαβύρινθοι· τα γνώριμα πρόσωπα των γρα-
φείων μάσκες εχθρικές· τα βήματά του βάρυ-
ναν, οι βόλτες τον κούραζαν. Κάθε φορά που
περνούσε μπροστά από το μασίνι το 'βλεπε με
το μάτι να λάμπει επιτιμητικά, τη σχισμή
του να χαμογελά θριαμβικά, τριγυρισμένο από
πιστούς να πουλάει τη δροσιά σε πλαστικά πο-
τήρια.

Λίγοι είχαν καταλάβει το βουβό δράμα του
Γιάννη.

Ο ακέραιος χαρακτήρας του λύγισε. Έπια-
σε να ρίχνει κρυφά στο στόμα του εχθρού κέρ-
ματα που τα στράβωνε επίτηδες στο πεζούλι
του καφενείου. Το μηχάνημα χάλαγε βέβαια,
αλλά μόνο προσωρινά· οι δούλοι του έσπευδαν
να το επισκευάσουν και η χαρά του Γιάννη δεν
κρατούσε για πολύ.

«Μα γιατί;» αναρωτιόταν «γιατί;».

Δεν έλεγε να το χωνέψει, τον έπνιγε το δίκιο. Ένιωσε ν' ανεβαίνουν δάκρυα στα μάτια του μια μέρα που, στη βιασύνη του να προλάβει μια παραγγελία, γλίστρησε στη σκάλα και στραμπούληξε το γόνατό του.

«Τόσα χρόνια να ιδρώνεις, να τρέχεις, να λες την πρώτη καλημέρα, να χαμογελάς, να τους εξυπηρετείς και να 'ρχεται ξαφνικά ένα μασίνι να σου τρώει το ψωμί!»

Ναι, τώρα τελευταία, εκτός από τυρόπιτες και κουλούρια, μόνο τσάγια του ζητούσαν μερικοί συναχωμένοι, γιατί τσάι δεν είχε το μασίνι στο ρεπερτόριό του.

Η γνώριμη φιγούρα με τη μαύρη γραβάτα, το τσαλακωμένο κοντό σακάκι, τα καλαμάκια στο τσεπάκι σαν να καμπούριασε, σαν να γέμισε ρυτίδες.

«Άτιμο πράμα!» μουρμούριζε κάθε τόσο μέσ' από τα δόντια του και εννοούσε το μασίνι.

Ώσπου μια μέρα πήρε τη μεγάλη απόφαση, δεν αρκούσαν τα ημίμετρα: μια τελική αναμέτρηση, αυτό ήταν η λύση. «Κατσαβίδι ή τανάλια; Γιατί όχι και τα δυο;...»

Σάββατο μεσημέρι, όταν θα 'φευγε ο κόσμος, θα 'μενε στα γραφεία και θα ταχτοποιούσε τους λογαριασμούς τους μια και καλή με το μασίνι! Θα τα 'λεγαν ένα χεράκι οι δυο τους! Θα του κλάδευε τις χοντρές αρτηρίες, θα έσβηνε μια για πάντα το κίτρινο μάτι· θα ξεβίδωνε τα σωθικά του, θα 'βρισκε την καρδιά και θα 'δινε εκεί το θανάσιμο πλήγμα.

Το προηγούμενο βράδυ ο ύπνος του ήταν ανήσυχος. Ονειρεύτηκε το μηχάνημα να κηδεύεται σε μια μαύρη λεωφόρο με σβηστά φανάρια. Το 'σερναν οι δούλοι του ξεβιδωμένο, ξέπνοο, με τα καλώδια ν' ανεμίζουνε στη νύχτα. Πίσω του σέρνονταν τηλέτυπα και αριθμομηχανές αφήνοντας ένα συλλυπητήριο βόμβο. Οι δούλοι άφησαν το μασίνι να πέσει ξεχαρβαλωμένο σ' ένα βάραθρο χωρίς πυθμένα, ενώ το 'ραιναν με στραβωμένα κέρματα.

Το πρωί του Σαββάτου ήταν ευδιάθετος. Έδωσε μερικές λεμονάδες στον πρώτο, όπου οι υπάλληλοι ήταν ηλικιωμένοι και δεν τους βόλευε να σηκώνονται κάθε λίγο και λιγάκι. Το μηχάνημα ανύποπτο μοίραζε καφέδες και αναψυκτικά.

Μεσημέριασε. Άρχισε να φεύγει ο κόσμος· ο κόσμος που χρόνια τώρα περίμενε το Γιάννη να του πάει τον καφέ κάθε πρωί, γλυκύ βραστό, βαρύ γλυκό, να τον ξεδιψά τα καυτά μεσημέρια. Α! Ο Γιάννης θυμόταν κάτι μεσημέρια υπέροχα, που 'ταν στις δόξες του: τον φώ-

40

ναζαν από δω, τον καλούσαν από κει, έμπαινε κι έβγαινε και δεν προλάβαινε ν' ανοίγει τις γκαζόζες. Αξέχαστα καλοκαίρια!...

Ο κόσμος έφυγε· άδειασαν οι διάδρομοι, ερήμωσαν τα γραφεία. Έμεινε ο Γιάννης. Μόνος. Επιτέλους! Άφησε να περάσει μισή ώρα, τρία τέταρτα. Ύστερα κατέβηκε αργά τις σκάλες, έτοιμος για τον ύστατο αγώνα. Πήρε και το δίσκο του μαζί, να παρακολουθήσει κι αυτός το τέλος του τέρατος. Στ' άλλο χέρι κρατούσε τα όπλα της μονομαχίας: μια τανάλια κι ένα σκουριασμένο κατσαβίδι.

Έφτασε στο πλατύσκαλο. Εκεί βρέθηκαν αντιμέτωποι· ο Γιάννης και το μηχάνημα. Αναμετρήθηκαν. Το μηχάνημα πάλλευκο, αστραφτερό, με το κίτρινο μάτι να λάμπει υπεροπτικά, το άπληστο στόμα ειρωνική σχισμή! Ο Γιάννης, με τα καλαμάκια στο τσεπάκι, ατημέλητος, σκυφτός και κουρασμένος· ήρεμος όμως, αποφασισμένος. Ολόγυρα βασίλευε μια παράξενη γαλήνη. Απόμακρα μόνο ν' ακούγονται όπως σε όνειρο οι θόρυβοι της πόλης.

Ο Γιάννης προχώρησε, έσπρωξε το βαρύ μηχάνημα δαγκώνοντας τα χείλια και ξεβίδωσε με το κατσαβίδι τη λεία πλάτη. Αντίκρισε ένα πολύχρωμο δάσος από πυκνά περίπλοκα καλώδια. Ποιο ήταν το ευαίσθητο σημείο του

41

κτήνους; Ποιο απ' όλα οδηγούσε στην καρδιά;
Ζαλίζεται παρακολουθώντας τη δαιδαλώδη
τους διαδρομή. Τα καλώδια σαλεύουν απειλη-
τικά, μοιάζουν με φίδια κουλουριασμένα· ανα-
δεύονται θαρρείς και ζωντανεύουν. Ένας βόμ-
βος στ' αυτιά του, η ανάσα του κοφτή· σφίγ-
γει τα δόντια, απλώνει το χέρι...

Γύμνωσε τα νύχια, γρύλισε, χίμηξε τότε το
μασίνι. Ο Γιάννης τινάχτηκε, γονάτισε. Και
στην αστραπή μιας στιγμής θαμπώθηκε από
τον ολοκληρωτικό θρίαμβο του αδυσώπητου ε-
χθρού του!...

Τον βρήκαν κάρβουνο το άλλο πρωί το Γιάν-
νη, ανάσκελα πλάι στο μασίνι. Γύρω ποτήρια
σπασμένα, θρύψαλα, λεκέδες από χυμένη κόκα
κόλα. Μάθαμε ότι το μηχάνημα τον σκότωσε
μ' ένα σπινθήρα.

— Τι διάολο το ψαχούλευε; αναρωτήθηκε ο
προσωπάρχης. Γυρεύοντας πήγαινε. Τα 'θελε
και τα 'παθε!

Τον έθαψαν ένα πρωί που έβρεχε, δεν έβρε-
χε, δε θυμάμαι, δεν έχει σημασία. Κανείς μας
δεν πήγε στην κηδεία. Στη θέση του έφεραν
ένα μηχάνημα ακόμα.

Ο ΚΗΠΟΥΡΟΣ

ΕΝΑΣ κηπουρός μπήκε το βράδυ της Δευτέρας στην αίθουσα της συναυλίας. Φορούσε ψάθινο καπέλο, φθαρμένο σακάκι, λασπωμένες αρβύλες και χαμογελούσε χαζά, με μια ορτανσία στην αγκαλιά, μιαν άσπρη ορτανσία.

Είχε χάσει το χαρτί με τ' όνομα της σολίστ, που του είχε δώσει ο άγνωστος με τα φιμέ γυαλιά, δίσταζε όμως να ρωτήσει. Κρυστάλλινες πόρτες, μάρμαρα αστραφτερά, σιλουέτες με μαύρα παπιγιόν, άλλες με βέλα και μανσόν παραμέριζαν διακριτικά στο πέρασμά του... Βρέθηκε να βαδίζει σ' ένα διάδρομο με βυσσινόχρωμο χαλί, όταν έσβησαν μεμιάς τα φώτα.

Στάθηκε παγιδευμένος. Σκοτάδι. Γυρόφερε το βλέμμα. Ένα ξαφνικό χειροκρότημα τον τρόμαξε τόσο πολύ, που παρά λίγο να του φύ-

γει η γλάστρα από τα χέρια. Πισωπάτησε.
Λούφαξε σε μια γωνιά.

Τετράβαθη σιωπή είχε απλωθεί, όταν ένας
μαυροντυμένος βγήκε στη σκηνή, που έμοιαζε
γεμάτη αχνές σκιές λησμονημένου ονείρου.
Κρατούσε ένα ραβδάκι.

Κι εκεί, όπως ο κηπουρός περίμενε και τον
βάραινε η γλάστρα, πρόβαλαν από το μισόφω-
το παλμοί, σκιρτήματα, χαμένες χίμαιρες οι
ήχοι, φευγαλέες πεταλούδες μιας ζωής αλλο-
τινής, φτερούγισαν ολόγυρά του νοσταλγικοί,
διστακτικοί, τόσο απόμακρα, τόσο κοντά
του...

— Περίεργο! μουρμούρισε και αφέθηκε στο
πλάνο κρυφομίλημά τους... Άξαφνα ένας ά-
στρινος χείμαρρος τον τύλιξε, ένας καταρρά-
χτης από μουσική που άστραφτε, δυνάμωνε
τον ρουφούσε σε δίνες μαγευτικές, φλόγες που
γεννούσαν γοργόνες, νύμφες, χαραυγές...

Κρυστάλλινες καμπάνες αντιλαλούν, ολό-
φωτοι ουρανοί ξυπνούν, ένα απέραντο λιβάδι
ανοίγεται ολόδροσο μπροστά του. Κι εκείνος
να! καλπάζει καβάλα σ' άλογο ασυγκράτητο,
με χαίτη ανεμισμένη, και γύρω του παπαρού-
νες να σαλεύουν, να γίνονται μαυλιστικές ξω-
θιές με ολοκόκκινα φουστάνια, λυγερές, να
τον ακολουθούν πέρα από τις χρυσαφένιες θη-

μωνιές, από το λιόγερμα πιο πέρα...

Μα πώς γινόταν; Δεν μπορεί! Δεν το χωράει ο νους του!

Έτριψε τα μάτια να ξορκίσει τα μαγνάδια των ονείρων. Είδε στη σκηνή το μαύρο δαίμονα το γητευτή, βελούδο και φλόγα και αυγή, να τινάζει πέρα δώθε το ραβδί του.

Κατάλαβε. Το ραβδί τούτο το αλλόκοτο γεννούσε μουσική, όνειρα καλούσε το ραβδί. Σε κάθε τίναγμα ή ανασήκωμα ανεπαίσθητο σκόρπαγε γύρω του τη μελωδία...

Άφησε τη γλάστρα να πέσει στο χαλί, πέρασε ανάμεσα από τους θεατές, ανέβηκε σαν υπνωτισμένος στη σκηνή. Η μουσική κυμάτισε, σταμάτησε. Οι τελευταίοι ήχοι έσβησαν στις πτυχές της βελούδινης αυλαίας, ζέφυροι στ' απρόσιτα σκαλίσματα της οροφής. Ο μαέστρος στράφηκε· τον κάρφωσε με το βλέμμα. Κοιτάχτηκαν για μια στιγμή στα μάτια, έτσι αντικριστά, λες και αναμετρήθηκαν. Ύστερα ο κηπουρός, μέσα στην απόλυτη σιγή που 'χε απλωθεί, άρπαξε από τα χέρια του μαέστρου την μπαγκέτα και δίνοντας ένα σάλτο το 'βαλε στα πόδια.

— Πιάστε τον!

Χιλιάδες χέρια χύθηκαν πίσω του.

— Πιάστε τον!

45

Χιλιάδες φωνές αντιλάλησαν στους θόλους.

Ένα πολύβουο πλήθος στο κατόπι του να τρέχει· ταξιθέτριες ξεμαλλιασμένες σημάδευαν με ανελέητες κηλίδες το τρομαγμένο του πρόσωπο, νύχια μαβιά τον άρπαζαν και τον τραβούσαν.

Ένιωσε να τον κυριεύει πανικός, ο φόβος έδινε φτερά στα πόδια του. Κατρακύλησε τις μαρμάρινες σκάλες με την ψυχή στο στόμα· σκόνταψε, μάτωσαν τα γόνατά του, βγήκε στη λεωφόρο. Αφηνιασμένα μηχανάκια και ταξί χίμηξαν πάνω του όλα μαζί, από κάποιο αμείλικτο σύνθημα σταλμένα. Φρεναρίσματα, κόρνες, προβολείς, σειρήνες ούρλιαζαν, η άσφαλτος σάλευε υγρή, φωτεινές επιγραφές τίναζαν στο διάβα του βροχή από πορφυρά φωσφορίζοντα βέλη!...

Όταν ξέφυγε, όταν έφτασε στο μακρινό του περιβόλι, ξάπλωσε στο χορτάρι λαχανιασμένος. Η καρδιά του χτυπούσε δυνατά. Παρήγορες πυγολαμπίδες αναβόσβηναν ολόγυρά του.

«Τι έκανα;» αναρωτήθηκε απορημένος.

Στα τραχιά του χέρια βρισκόταν το ραβδί εκείνο ακόμα. Το κοίταξε καλά καλά. Το 'φερε στο στόμα. Το κούνησε πέρα δώθε δισταχτικά και η θύμηση της μελωδίας γέλασε στων λουλουδιών τα χείλη.

46

Το φεγγάρι, ένα πελώριο φεγγάρι, είχε βγει και κοιτούσε, χάλκινη μάσκα, από ψηλά, όταν ο κηπουρός γονατιστός στο χώμα έσκαψε με τα χέρια ένα λάκκο και φύτεψε την μπαγκέτα ανάμεσα στις ορτανσίες, εκεί, κοντά στον καλαμένιο φράχτη.

Τη φρόντιζε από τον εαυτό του πιο πολύ, της έφερνε με τις φούχτες νερό από τη δροσοπηγή κάθε πρωί, τη χάιδευε με τα πλατιά του χέρια...

Τα πρώτα μάτια φάνηκαν λίγες μέρες μετά. Και η μπαγκέτα ψήλωσε, πέταξε κλωνιά, φύλλα τρυφερά. Με λαχτάρα την κοιτούσε, της κρατούσε συντροφιά τα θλιμμένα δειλινά, έτρεμε μην του κακοπάθει...

Και τα βράδια, κάτι βράδια με πέπλα μαβιά, φεγγάρια πορφυρά, στριφογυρνούσε στο στρώμα του από αλλόκοτους εφιάλτες πνιγμένος, τιναζόταν αλαφιασμένος, όταν πλημμύριζαν την κάμαρή του τα χελιδόνια της οδύνης.

Παραμονεύουν· έρχονται να του πάρουν το βλαστάρι. Προβάλλουν από το σκοτάδι με μαύρα παπιγιόν και νύχια ματωμένα. Τραντάζουν τη μανταλωμένη πόρτα, δρασκελούν το φράχτη, ψάχνουν... ψάχνουν, δε θα το βρουν, σταματούν μπροστά στο δέντρο, που

47

ζαρώνει φοβισμένο τ᾽ αδύναμα κλωνιά του, θροΐζει τρέμοντας παρακαλεστικά.

— Ξεριζώστε το! ουρλιάζει ο μαυροντυμέ-νος.

Γελούν βραχνά, απλώνουν χέρια στυγνά, γραπώνουν, ματώνουν, το τραβούν από τη ρίζα.

— Μη!

Βουτηγμένος στον ιδρώτα, έφερνε τις παλάμες στο ρουφηγμένο πρόσωπό του. Έλιωναν οι δίσεχτες σκιές, βούλιαζαν στου σκοταδιού τα βάθη.

Ώσπου εκείνο το πρωί, κάτω από έναν πεντακάθαρο ουρανό, πέταξε το δεντρί το πρώτο του μπουμπούκι· τοσοδούλι μπουμπούκι, τρυφερό, άρχισε ν᾽ ανοίγει στον ήλιο τα χλωμά πέταλά του...

Αλλοπαρμένος ο κηπουρός, έμεινε ώρες έτσι βρόμικος και ασουλούπωτος κοντά στο δέντρο· το θρόισμα των φύλλων έφερνε τη μακρινή εκείνη μουσική και στου μπουμπουκιού τα χείλη ρόδιζαν οι χαμένες μελωδίες...

***

Έκανε παγωνιά εκείνη τη νύχτα· τα λευκά πουλιά έφεραν την πάχνη στα φτερά τους και

48

τύλιξαν και στόλισαν τον ασημένιο θόλο. Ο κηπουρός ξύπνησε από τ' αγιάζι. Βγήκε στον κήπο. Η ανάσα του άχνιζε. Μουσική κρυστάλλινη έσταζε από τ' αστέρια. Παράξενη νυχτιά, μηνύματα γεμάτη. Το δέντρο κρύωνε· θα πάγωνε το δέντρο, δεν έπρεπε να το αφήσει έτσι! Το σκέπασε με το τριμμένο του σακάκι στοργικά, ξάπλωσε κι αυτός κοντά του.

— Μη φοβάσαι!» σαν να του 'λεγε. «Η ανάσα μου θα σε ζεσταίνει...».

Εκεί τον πήρε ο ύπνος. Απαλός σαν μελωδία, τον πήρε στα λιβάδια με τις παπαρούνες, τις ξωτιές, πέρα από τις χρυσαφένιες θημωνιές, από το ηλιοβασίλεμα πιο πέρα· κι ήταν ένα χαμόγελο στο πρόσωπό του, ήταν ο ύπνος του τόσο γλυκός...

Τον βρήκαν νεκρό τ' άλλο πρωί, ξεπαγιασμένον, και πλάι του μια μπαγκέτα μαέστρου μπηγμένη στο νωπό άγονο χώμα...

Ο ΕΡΩΤΕΥΜΕΝΟΣ ΠΥΡΟΣΒΕΣΤΗΣ

ΖΟΥΣΕ κάποτε ένας πυροσβέστης που στη μεγάλη πυρκαγιά του τσίρκου είχε σώσει το μαύρο πάνθηρα και το σχοινί του σχοινοβάτη.

Ήταν ερωτευμένος με την Αγάπη, ένα κορίτσι που 'μενε αντίκρυ από τον πυροσβεστικό σταθμό, στην οδό των Εφτά Πυρακάνθων. Η Αγάπη πήγαινε στο παρθεναγωγείο, είχε αυστηρό μπαμπά, με φρύδια πυκνά και καρό κουστούμι, και μια κούκλα Ουγγαρέζα με ξανθές ξεθωριασμένες μπούκλες, που άλλοτε την αγαπούσε τρυφερά, άλλοτε βαριεστημένη την πετούσε σε καμιά γωνιά.

Όλα άρχισαν ένα απομεσήμερο, που η Αγάπη είχε ξεχάσει το κλειδί της πόρτας —έμενε στο τρίτο πάτωμα— και βημάτιζε στο δρόμο με χείλη σουφρωμένα. Ο πυροσβέστης πρόβαλε απ' τους πυράκανθους, δέχτηκε με προθυμία να τη βοηθήσει. Σκαρφάλωσε απ' το παράθυρο ιπποτικά, βρήκε το κλειδί στην κασετίνα με τα πονπόν και τις χαλκομανίες, άνοιξε την πόρτα διάπλατα και η Αγάπη τού έσκασε ένα φιλί.

Αυτό ήταν. Από τότε κάθε πρωί την κρυφοκοιτούσε να ξεκινά για το παρθεναγωγείο, την ονειρευόταν τα βράδια λυγερή σε παλάτια σιωπηλά, ονειρευόταν ότι την κρατάει αγκαλιά, χωρίς την μπλε ποδιά.

Η Αγάπη ωστόσο δεν αγαπούσε τους πυροσβέστες με μουστάκια ούτε τα λατινικά· σχεδόν τίποτα δεν αγαπούσε, εκτός απ' τα βερίκοκα τα ζουμερά και την Ουγγαρέζα κούκλα κάπου κάπου.

Κάποιος άλλος ονειρευόταν τον πυροσβέστη όμως! Η Μαρία. Καμαριέρα στο σπίτι της Αγάπης, κάπως προχωρημένη στην ηλικία, με χνούδι πάνω απ' τα χείλη, η Μαρία καθάριζε όλη μέρα βιολογικά το τζάμι του παραθύρου που 'βλεπε στον πυροσβεστικό σταθμό, ώστε με πρώτη ευκαιρία να τον κρυφοκοιτάζει.

Εκείνη την εποχή έτυχε η Αγάπη να ερωτευτεί ένα εξώφυλλο περιοδικού ιλουστρασιόν πολύχρωμο, που έδειχνε τον Ταντέο Πρα, μαέστρο ηλεκτρονικής μουσικής, που οι συνθέσεις του προκαλούσαν παραληρήματα ενθου-

51

σιασμού από την Άπω Ανατολή ως την Πα-
ταγονία. Τον πρωτόδε ένα πρωί σ' ένα περί-
πτερο· αγόρασε το περιοδικό με καρδιοχτύπι,
έσκισε το εξώφυλλο και το κόλλησε με σελο-
τέιπ στον τοίχο της κρεβατοκάμαρας, για να
την κοιτάει στο κρεβάτι.

Η Αγάπη ονειρευόταν λοιπόν το μαέστρο, ο
πυροσβέστης την Αγάπη, και όλα θα πήγαι-
ναν καλά, αν δεν ήταν το αγόρι με τα σγουρά
μαλλιά. Κρατώντας στο δικό του το χέρι της
Αγάπης, δείχνοντάς της τ' αστέρια που στρα-
φτάλιζαν αινιγματικά, ψιθύρισε πως την αγα-
πά πιο πολύ απ' όλες τις συμμαθήτριές της
και τη φίλησε· στα χείλη. Το φιλί άφησε
μάλλον αδιάφορη την Αγάπη, αλλά συγκλόνι-
σε τον πυροσβέστη, που έτυχε να διανυκτε-
ρεύει στο σταθμό.

Όπως είδε τις δυο σιλουέτες να σμίγουν
στο μπαλκόνι, ένιωσε έναν κόμπο στο λαιμό,
αποφάσισε να της εξομολογηθεί τον έρωτά
του.

Μα μια δειλία αξήγητη του σφράγιζε τα
χείλη. Ήταν τ' αγόρι, ήταν τα φρύδια του
μπαμπά, κι η Αγάπη μικρή θεά μακρινή και
απρόσιτη. Τι ωραία που θα ήταν όμως αν το
σπίτι της άρπαζε φωτιά! Θα ορμούσε μ' αυτο-
θυσία αψηφώντας τις πύρινες Ερινύες, θα

52

έσπαγε το παράθυρο του τρίτου ορόφου ηρωικά, γαλάζια θρύψαλα, ροδοπέταλα χρυσά!

Η Αγάπη ζαρωμένη στη γωνιά, με φλόγες άλικες ν' αντανακλούν στ' αγριεμένα μάτια της, με ξέπλεκα μαλλιά και νυχτικό γαλάζιο, τρέμει ίδιο δειλό, αλαφιασμένο ελαφάκι!

Ανάλαφρη σαν πούπουλο θα τη σήκωνε στην αγκαλιά του· και στη σκάλα εκεί, ανάμεσα ουρανού και γης, μπρος στης φωτιάς τον κυματιστό χορό, τα χείλη της θα σφράγιζε μ' ένα φιλί, θα 'πινε τη μυρωμένη της πνοή, ώσπου να τη νιώσει στην αγκαλιά του γιασεμί.

Υπολόγισέ ωστόσο ότι αν περίμενε να πιάσει από μόνο του φωτιά το σπίτι της Αγάπης, θα 'χε πάρει σύνταξη. Το σκέφτηκε, το ξανασκέφτηκε, άλλη λύση δεν υπήρχε: έπρεπε να βάλει ένα χεράκι, να χαρίσει στην Αγάπη μια φανταστική φωτιά, σαν καρδιά απριλιάτικου ρόδου πορφυρή, καυτή σαν τον καημό του.

Στο μεταξύ η Αγάπη διάβασε ότι ο Ταντέο Πρα ξεκινούσε για περιοδεία στην Ευρώπη. Αποφάσισε να τον συναντήσει στο Παρίσι. Θα πήγαινε να περάσει τις διακοπές εκεί, στο σπίτι της Ανιές, μιας φίλης που αλληλογραφούσαν. Θα φορούσε ψεύτικες βλεφαρίδες, θα μιλούσε σιγανά, λίγο βραχνά· με δυο λόγια, θα 'ταν τόσο ελκυστική, που ο μαέστρος μόλις

53

την έβλεπε στα παρασκήνια, μετά τη συναυλία, θα την ξέντυνε με χέρια τρεμουλιαστά από την ερωτική μανία και το άλλο πρωί οι καθαρίστριες, που θα 'σπαγαν την πόρτα, θα έβρισκαν το καμαρίνι αδειανό, τον καθρέφτη ραγισμένο.

Ήταν λοιπόν ένα αυγουστιάτικο βράδυ αλλιώτικο απ' όλα τ' άλλα βράδια. Η Μαρία ξεσκόνισε τα είδωλα των Ναρκίσσων του καθρέφτη, φόρεσε ένα γαλάζιο νυχτικό και πλάγιασε.

Η Αγάπη γέμισε τις βαλίτσες με γκοφρέτες και ρακέτες, σλιπάκια και κορδέλες των μαλλιών στο ίδιο χρώμα, έτοιμη ν' αναχωρήσει το επόμενο πρωί. Γδύθηκε μετά, φόρεσε το σακάκι της πιτζάμας του μπαμπά και τίποτ' άλλο, κάλεσε τον Ταντέο Πρα να τη συντροφέψει στ' όνειρό της και βυθίστηκε στον ύπνο.

Οι άλλοι έλειπαν από το σπίτι.

Ο ζέφυρος φίλησε τους αφρούς της παλίρροιας, τα νυχτολούλουδα, τις βεντάλιες των παγονιών, τα πατημένα αποτσίγαρα του πάρκου.

Το φεγγάρι λούστηκε στη λίμνη με τα νούφαρα και μάγεψε τους κύκνους.

Το φεγγάρι άγγιξε τα βιολετιά βιτρό της

Μητρόπολης και αντήχησαν ηλεκτρονικές μπαλάντες.

Το φεγγάρι, μαλαματένιο τόπι, πήδησε ψηλά, βάλθηκε να παρακολουθεί ειρωνικά.

Νύχτα παράξενη, νύχτα χρυσανθέμων, με μακάριους υπνοβάτες, λαμπερά μάτια ζαρκαδιών, σπυριά ροδιού πίσω από τις ροδοδάφνες, ασημένια πεφταστέρια, δαντελένιες μαξιλαροθήκες.

Παράθυρα ανοιχτά.

Ανάσες απαλές ονείρων μαγικών...

Ανάσες λαχανιασμένες ονείρων λάγνων.

Βουβοί βραχνάδες εφιάλτη.

Ξέφυγαν από τις στρογγυλές κορνίζες οι σκονισμένοι στρατηγοί για το ραντεβού των ίσκιων, και στου κομπολογιού τις χάντρες ήρθαν και φώλιασαν πυγολαμπίδες.

Η Αγάπη βαδίζει προσεχτικά σ' ένα σχοινί, πάνω από μια άγνωστη σκοτεινιασμένη πολιτεία. Τα ρούχα της αράχνινα, τα μαλλιά της ανεμίζουν, χάνει την ισορροπία της, πέφτει στο κενό. Όταν σηκώνεται, ένα χειμωνιάτικο αεροδρόμιο, γεμάτο επιβάτες με γκρίζα αδιάβροχα, απλώνεται ολόγυρά της. Παγωμένος άνεμος σφυρίζει, η άσφαλτος ιριδίζει υγρή από βροχή. Ανάμεσα από τ' ατσάλινα πουλιά προβάλλουν οι πιλότοι αργά, πλάσματα από

55

σκοτάδι και πηλό, και προχωρούν και δείχνουν κάποιον. Κρύβεται φοβισμένη σ' ένα δάσος από έλικες που λάμπουν στην αστροφεγγιά. Ένας βόμβος ακούγεται, ένας λυγμός πνιγμένος. Και απρόσμενα οι κινητήρες παίρνουν μπρος, έλικες αρχίζουν να γυρνούν, και τρέχει εκείνη, τρέχει, το φόρεμά της κουρελιάζεται, ματώνουν τα μαλλιά, τα μάγουλά της! Όπως περνά ανάμεσα από δυο ασημόγκριζα πουλιά, στέκεται αλαφιασμένη. Καταμεσής στο αδειανό αεροδρόμιο, ο μαέστρος άυλος, με μεταξένιο φράκο, διευθύνει μια ορχήστρα με τρεις μπαγκέτες σαν ζογκλέρ για χάρη της!

Μουσική γοργή, μεθυστική, παράξενη, τούλινα πέπλα που αναδιπλώνονται γαργαλούν γυμνούς αστραγάλους και στην παλάμη της τ' αηδόνι, που το άκουγε ώρες να κελαηδά, ώσπου βρέθηκε ένα πρωί πνιγμένο στο τάσι με τα δάκρυά της...

Ψαλμωδίες απόκοσμες· λαμπάδες· περιστέρια· και η Μαρία, με λουλούδια λεμονιάς στα χέρια, προσεύχεται σ' ένα ξωκλήσι. Ένας σεβάσμιος λευίτης με κυματιστά άμφια, λευκή γενειάδα ευλογεί το γάμο της· άρωμα από αγιόκλημα και πασχαλιά.

Με φόντο μισοσβησμένες τοιχογραφίες αγίων, οι φιλενάδες της μαδάνε μαργαρίτες. Η

Μαρία στρέφεται να χαμογελάσει στον καλό της, μα παραξενεμένη βλέπει ότι κανείς δε στέκει πλάι της.

«Είμαι μόνη» συλλογιέται. «Τι κάθομαι; Τι κάνω εδώ; Πρέπει να φύγω. Αλλά δε γίνεται. Τι θα πει ο νεωκόρος;»

Καρφωμένη στο φθαρμένο δάπεδο, νιώθει τα μάτια της να βουρκώνουν. Και όλοι παρακολουθούν μ' ευλάβεια την τελετή. Ο ιερέας μουρμουρίζει νεκρώσιμες ακολουθίες· οι ζωγραφιές των αγίων μορφάζουν κατανυκτικά· οι φιλενάδες τη ραίνουν με ρύζι και μυριστικά...

Στο υπόγειο ο πυροσβέστης, με στόμα στεγνό, με μια αλλόκοτη ένταση στο βλέμμα, παρακολουθεί τη φωτιά, που ταξιδεύει. Μπορεί ακόμα αν θέλει να τη σβήσει· μα την αφήνει να θεριεύει...

Πλήθος πολύχρωμο πλημμύρισε το αεροδρόμιο: Σαρακηνοί και κολομπίνες, βροχοποιοί, ανθοπώλιδες και μπαλαρίνες· πυροτεχνήματα πυρπολούν το βελούδο τ' ουρανού, χελιδόνια φτερουγίζουν από το καπέλο του ταχυδακτυλουργού. Η Αγάπη, λυτρωμένη από το λυγμό της προσμονής, χορεύει στην αγκαλιά του μαέστρου παραδομένη. Ένας νέγρος τρομπετίστας προβάλλει από τις λυγαριές με λαμέ

57

παπιγιόν και ρουμπινί σακάκι. Αρλεκίνοι χορεύουν γαϊτανάκι στο μονόκλ του επιθεωρητή σιντριβανιών και τσίρκων. Ο μαέστρος και η Αγάπη, πιασμένοι χέρι χέρι, γλιστρούν μέσα από τη χαραμάδα του καθρέφτη. Βρίσκονται μόνοι σε μια απέραντη πλατεία, που γίνεται τώρα παραλία, γίνεται γαλαξίας γιασεμιών και ποντισμένη πολιτεία...

Τέσσερις βλοσυροί έμποροι ομπρελών, με μουστάκια φώκιας και πυράκανθους στις μπουτονιέρες, προβάλλουν από το ιερό, γονατίζουν μπροστά σ' έναν πυροσβεστήρα, αρχίζουν να προσεύχονται μετανιωμένοι.

Η Μαρία χαμηλώνει το βλέμμα· ντροπαλά. Κοιτά τ' ολοκέντητο νυφικό. Τρομάζει: ένας σκούρος λεκές στο μέρος του στήθους! Ποτίζει το ύφασμα, κυλάει προς τα κάτω...

Κοιτά πλάι της· κανείς. Χαμηλώνει το κεφάλι: πράσινες σαύρες σέρνονται ανάμεσα σε τσόφλια πασατέμπου. Υψώνει το βλέμμα: οι έμποροι ομπρελών έχουν σκαρφαλώσει βλοσυροί στον πολυέλαιο.

Οι λαμπάδες τρεμίζουν. Στην ιδρωμένη φούχτα της σφίγγει άνθη λεμονιάς κιτρινιασμένα. Οι μορφές των αγίων σαλεύουν στους τοίχους ασκητικές, ο πολυέλαιος χαμηλώνει· η μυστικόπαθη ψαλμωδία δυναμώνει· το πρόσωπο του ιερέα ευλογεί, πλησιάζει, η γενειάδα του ορμά πάνω της πάλλευκη, μεγαλώνει, ίδια χιονοστιβάδα...

Ο πυροσβέστης πισωπάτησε, όπως η φωτιά τον καλούσε περιπαιχτικά. Ήταν ώρα; του έρωτα η ώρα; Καλογυαλισμένα τα χρυσά του τα κουμπιά, το μουστάκι του στην τρίχα. Εμπρός λοιπόν! Έκανε το πρώτο βήμα· σκόνταψε στον ντενεκέ με τη βενζίνα· παραπάτησε, γλίστρησε, σωριάστηκε βαρύς. Βρέθηκε σ' ένα γυάλινο παλάτι σιωπηλό. Γονατιστός μπρος στην Αγάπη ξεκουμπώνει ένα ένα τα κουμπιά της μπλε ποδιάς της.

Στη δίνη μέσα των χρωμάτων, σε νέφη χρυσαφένιας γύρης, η Αγάπη, με τη γεύση των βερίκοκων στα χείλη, το κάλεσμα του μεσοκαλόκαιρου στις τριανταφυλλένιες ρώγες, ανατριχιάζοντας ως τις άκρες των νυχιών, μεστή στην αφή μιας γλύκας ασύλληπτης, δινόταν στο μαέστρο, άφηνε να τη φιλά παράφορα στα χείλη· φιλιά που μεθούν, που ματώνουν, φιλιά που πνίγουν· δεν μπορεί ν' ανασάνει, δεν μπορεί! «Μη! Φτάνει! Μη!»

Η Αγάπη ξυπνά. Βλέπει την κάμαρα να κολυμπά σ' ένα παιχνίδισμα από λάμψεις. Φλόγες χρυσαφιές ρουφούν το θαλασσί το ματωμένο σεντόνι, γλείφουν τη φωτογραφία του

59

μαέστρου, ανταύγειες χαϊδεύουν τους γυμνούς της ώμους...

Η χιονοστιβάδα ζυγώνει ολοένα τη Μαρία. Οι ρυτίδες του ιερέα τυπωμένες στις κόρες των ματιών της. Βοήθεια! Ζητιάνοι απλώνουν χέρια ισχνά ανάμεσα από τις λαμπάδες, που ψηλώνουν, γίνονται πύργοι, λιώνουν σε διάφανους κόμπους. Πλήθη νεωκόρων με σκουριασμένα θυμιατά την κυκλώνουν σιωπηλά. Πουντραρισμένα μάγουλα· ραγισμένα μέτωπα· ρουφηγμένα μάγουλα· άσαρκα χείλη... Τον διακρίνει άξαφνα ωχρό ανάμεσα στο συρφετό των καλεσμένων, των οργισμένων, των ξεμαλλιασμένων, που απαιτούν μερίδιο στην προίκα. Την έχει δει· πασχίζει να την πλησιάσει, μα το πλήθος τον παρασύρει μακριά, σε μια στοά, τον χάνει...

Στο δωμάτιο της Αγάπης πορτοκαλιές φλόγες λικνίζονται ευκίνητες, γλείφουν τις μπούκλες της Ουγγαρέζας κούκλας, θωπεύουν τη γούνα του μαύρου πάνθηρα, κεντούν ανεμώνες στ' ανοιχτά τετράδια με τις άγνωστες λέξεις των λατινικών· σπίθες χιμούν ξωτικά μπουκέτα στην αγκαλιά τ' άγουρου κοριτσιού!

— Βοήθεια! στρίγκλισε η Αγάπη κολλημένη στον τοίχο, με μάτια πελώρια από τρόμο. Θεούλη μου! Βοήθεια!

Η Μαρία πετάχτηκε από το κρεβάτι αλαφιασμένη. Τάχα κατάλαβε πότε ονειρευόταν, πότε ξύπνησε; Τρελοί Τρίτωνες, με τρίαινες χρυσές, πρόβαλαν από τον αντικρινό ολόσωμο καθρέφτη. Βούρκωναν από τους καπνούς τα μάτια κι έτσουζαν...

Πήρε να συνέρχεται ο πυροσβέστης. Μια λιτανεία από φλεγόμενες κουκουβάγιες χάνεται σε μια μενεξεδένια σπηλιά. Πότε έγιναν κουκουβάγιες τα κουμπιά; Πότε έγινε η μασχάλη της σπηλιά; Ένας αβάσταχτος πόνος τού μαγκώνει ίδια τανάλια τα μηνίγγια. Έσφιξε τις φούχτες και μάτωσαν τα νύχια τις παλάμες του. Κατάφερε να σηκωθεί. Μια κοντινή σειρήνα τρύπησε άγρια το ναρκωμένο νου. Βγήκε από το υπόγειο παραπατώντας, σαν υπνοβάτης βγήκε, και βάλθηκε να σκαρφαλώνει στα μεσούρανα...

Κι άλλες σειρήνες ηχούσαν τώρα, σμάρια σκιές σκορπούσαν βιαστικές, σύννεφα γιγάντιες σκιές· Κύκλωπες μεθυσμένοι με μάτια από φωτιά και χείλη από αχάτη αγκάλιαζαν τη νύχτα. Τα δάχτυλά του άνοιξαν, γλίστρησε, αντίκρισε ανάστροφα τις ροδοδάφνες! Τα χέρια του φούχτωσαν την υδρορροή, αρπάχτηκε με την ψυχή στο στόμα· μ' ένα τίναγμα του κορμιού ανέβηκε, κρατήθηκε και, θρυμματί-

61

ζοντας σε μια ύστατη προσπάθεια με τη γρο-
θιά το τζάμι, δρασκέλισε το περβάζι· μ' ένα
σάλτο βρέθηκε στο φλεγόμενο σαλόνι.

Κι εκεί, στη γωνιά εκεί, πλάι στις κουρτί-
νες που καιγόντουσαν, με τις αναλαμπές της
φωτιάς στα βελουδένια μάγουλα, ξυπόλυτη,
με ξέπλεκα μαλλιά και νυχτικό γαλάζιο, ζα-
ρωμένη, φοβισμένο ελαφάκι, σε μια νεφέλη
καπνού τυλιγμένη, διέκρινε την οπτασία.

Του φάνηκε πως είναι η Αγάπη, μα ήταν η
Μαρία.

— Αγάπη, έρχομαι! ξεφώνισε βραχνά. Α-
γάπη μου!

«Επιτέλους!» αναλογίστηκε η Μαρία. Τον
έβλεπε όμορφο, ανέφοβο και γελαστό, σ' ένα
σύθαμπο με φόντο φλογισμένες ροδοδάφνες.

Βρέθηκε στην αγκαλιά του.

Οι φλόγες χόρευαν χιμαιρικά στα πλήκτρα
του εβένινου πιάνου. Κόκκινοι Μινώταυροι με
ματωμένα ρουθούνια πρόβαλλαν από τις κουρ-
τίνες, πύρωναν οι μπρούντζινοι κυνηγοί, έλιω-
ναν σε δάκρυα οι κρυσταλλένιες μπαλαρίνες.
Και ο πυροσβέστης τής ψιθύριζε με πάθος όλα
εκείνα τα γλυκόλογα που 'χε τόσο σχεδια-
σμένα, χωρίς ν' ακούσει τίποτα στη συναυλία
των σειρήνων η Μαρία.

Μετά, θαρρώντας πως κρατά την Αγάπη

αγκαλιά, χιμάει στο παράθυρο.

Μα η πορφυρή αυλαία είχε κλείσει. Οι φλόγες θέριευαν, τους έζωναν αγριεμένες. Καμπάνες ηχούσαν, τριξίματα, αντίλαλοι, στριγκλιές αλλόκοτες και λυγμικές. Βγήκαν στο χολ. Πνιχτή κάψα του έκοψε την ανάσα· ολούθε φτερούγιζε η κόκκινη νυχτερίδα εκδικητικά, γλώσσες πύρινες, πυρσοί, χέρια μυριοδάχτυλα, χιμαιρικά ζωγραφίζαν φαντάσματα και ξωτικά.

Στάθηκε λαχανιασμένος μέσα στην παραζάλη, την έσφιξε πάνω του ξανά, τ' όνομα της Αγάπης προφέροντας, τη φίλησε σπαραχτικά, κι εκεί γκρεμίστηκε η σκεπή με τράνταγμα μουντό· τους σκέπασε αγκαλιασμένους, ευτυχισμένους τους σκέπασε.

Κάποιος πυροσβέστης άλλος, σπανός αυτός, λίγο κοντός, έσωσε την Αγάπη. Βρισκόταν στην κλινική, όταν συνήλθε. Πήγε ύστερα για ανάρρωση στην εξοχική βίλα του θείου Βύρωνα.

Στο κομοδίνο ένα μπολ με βερίκοκα κι ένα περιοδικό. Η Αγάπη το πήρε, το ξεφύλλισε. Να και μια φωτογραφία του Ταντέο Πρα, που αποπειράθηκε ν' αυτοκτονήσει με αρσενικό, επειδή τον απατούσε με τον τυμπανιστή της ορχήστρας του ο εραστής του, ένας πρωταθλητής του σούμο. Το κορίτσι άφησε το περιοδικό, που γλίστρησε στο παρκέ.

Πήρε ένα βερίκοκο. Της φάνηκε η γεύση του στυφή. Κράτησε το κουκούτσι στην παλάμη, το κοίταξε στοχαστικά ώρα πολλή...

Και κάπου εδώ τελειώνει η ιστορία του ερωτευμένου πυροσβέστη, που 'χε μαύρο μουστάκι και κράνος αστραφτερό, του πυροσβέστη που έσωσε το μαύρο πάνθηρα στην πυρκαγιά του τσίρκου, του πυροσβέστη που θυσιάστηκε ηρωικά σε κάποια άλλη πυρκαγιά, στην οδό των Εφτά Πυρακάνθων...

ΤΑ ΞΥΠΝΗΤΗΡΙΑ

Ο ΤΗΛΕΜΑΧΟΣ έκανε λαχανιασμένος τις πρωινές του επικύψεις, όταν άκουσε χτυπήματα στην πόρτα. Τόσο η συχνότητα όσο και η έντασή τους μαρτυρούσαν ότι δεν ήταν για καλό.

Φόρεσε τη ρόμπα του ανήσυχος, έτρεξε ν' ανοίξει. Αντίκρισε ένα βλοσυρό ένοπλο με σκούρα γυαλιά, καλογυαλισμένες μπότες:

— Γιατί είσαι λαχανιασμένος; ρώτησε ο ένοπλος, μ' ένα συνδυασμό στοργής και συγκρατημένης απειλής στην μπάσα φωνή του.

— Επικύψεις!... εξήγησε ο Τηλέμαχος, νιώθοντας άθελά του ένοχος.

Κοιτάζοντάς τον καχύποπτα απ' την κορφή ως τα νύχια, ο ένοπλος του έδωσε έναν κίτρινο φάκελο. Μετά έκανε μεταβολή, έφυγε με το κορμί στητό χωρίς να χαιρετήσει.

Ο Τηλέμαχος, με δάχτυλα που έτρεμαν, άνοιξε το φάκελο, ξεδίπλωσε ένα δακτυλογραφημένο χαρτί:

«Κατόπιν προσφάτων κρουσμάτων ξυπνητηρίων τα οποία διαταράσσουν την ηρεμία των πολιτών» διάβασε «παρακαλούνται και διατάσσονται οι ιδιοκτήτες τους να τα παραδώσουν το ταχύτερο στο πλησιέστερο αστυνομικό τμήμα. Μετά την αφαίρεση ορισμένων ελατηρίων, τα ξυπνητήρια θα επιστραφούν, άθικτα κατά τα λοιπά, στους νομίμους κατόχους. Ποινή για την παράβαση της παρούσης: παραδειγματική»... Ακολουθούσαν έξι διαγώνιες υπογραφές και εφτά δυσανάγνωστες σφραγίδες.

Ο Τηλέμαχος ξύνοντας το κεφάλι του γύρισε στην κρεβατοκάμαρα.

Ήταν, βέβαια, αλήθεια ότι εδώ και μερικούς μήνες οι Αρχές είχαν αναθέσει σ' ένα επίλεκτο σώμα σαλπιγκτών να ειδοποιεί τους κατοίκους για τις προκαθορισμένες ώρες «εγέρσεως, κατακλίσεως, εργασίας και ψυχαγωγίας». Παρ' όλα αυτά, άγνωστο για ποιο λόγο, μερικά ξυπνητήρια όχι μόνο εξακολουθούσαν να λειτουργούν απτόητα, αλλά κουδούνιζαν στα καλά καθούμενα ό,τι ώρα τούς κατέβαινε.

Τι νόημα είχε όμως αυτή η τελευταία διαταγή; Πόσο αυστηρή μπορεί να είναι μια παραδειγματική ποινή;

Ο Τηλέμαχος ένιωσε μια ατονία να τον κυριεύει. Κάθισε στην άκρη του κρεβατιού. Δίπλα του, εκεί στο κομοδίνο, ανάμεσα σ' ένα μισοφαγωμένο μήλο, ένα άδειο κουτί ασπιρίνες και μια τρύπια κάλτσα, βρισκόταν το ξυπνητήρι του: ένα μεγάλο ξυπνητήρι με φθαρμένους δείκτες και ξεθωριασμένα νούμερα.

«Να το παραδώσω;» συλλογίστηκε ο Τηλέμαχος. «Γιατί όχι; Πόσα και πόσα όνειρα δε μου 'χει κόψει στη μέση το αφιλότιμο;»

Αναπόλησε το αξέχαστο εκείνο πρωί, που είχε σώσει το εργοστάσιο μπισκότων από μια επιδρομή μασκοφόρων κακοποιών. Ο κύριος γενικός τον είχε καλέσει στο γραφείο του, το δίχως άλλο για να του δώσει προαγωγή: από κλητήρα στο τμήμα παξιμαδιών, δεν αποκλείεται να τον προόριζε για προϊστάμενο στο ζηλευτό τμήμα γεμιστών μπισκότων. Προχωρούσε πρόσχαρος στο μακρύ διάδρομο, που οδηγούσε στο γραφείο του γενικού, σιάχνοντας τη ριγέ γραβάτα του. Κοντοστάθηκε για λίγο μπροστά στη δίφυλλη πόρτα, χτύπησε διακριτικά.

— Πέρασε! Ο διευθυντής σηκώθηκε από την πολυθρόνα του να τον αγκαλιάσει. Τηλέμαχε, παιδί μου, πρέπει να σου πω ότι χάρη στην παραδειγματική σου αυτοθυσία οι μασκοφόροι δεν κατάφεραν να κλέψουν τη μυστική φόρμουλα του νέου μας μπισκότου με γεύση σαμπάνιας για πεκινουά. Γι' αυτό αποφασίσαμε να επιβραβεύσουμε την αφοσίωσή σου. Αποφασίσαμε...

Σε κάτι τέτοιες κρίσιμες στιγμές άρχιζε το αναθεματισμένο ξυπνητήρι να κουδουνίζει χορεύοντας σαν παλαβό! Ο Τηλέμαχος αναπηδούσε στο κρεβάτι. Το αρρωστημένο φως του πρωινού γλιστρούσε από τα μισόκλειστα παντζούρια. Έκανε ψύχρα. Έπρεπε να πλυθεί με παγωμένο νερό, να ξυρίσει τα σκληρά του γένια βλέποντας το είδωλό του στον καθρέφτη ν' ανταποδίδει πικρούς μορφασμούς, να ντυθεί με την ψυχή στο στόμα και να τρέχει να προλάβει το λεωφορείο.

Πόσες φορές δεν την είχε πάθει έτσι; Τότε, ας πούμε, που είχε κερδίσει τον πρώτο αριθμό του λαχείου και ετοιμαζόταν να εισπράξει την επιταγή! Ή την άλλη φορά, που σκάβοντας για να φυτέψει μαϊντανό στην πίσω αυλή είχε πέσει σε πετρέλαιο. Ή τότε που εκείνη η καλλονή, την οποία είχε σώσει από βέβαιο πνίξιμο στην πισίνα, τον παρακαλούσε να της αλείψει με αντιηλιακό το στήθος! Και πιο πα-

68

λιά, όταν πιτσιρίκος αδιάβαστος έπεφτε στο κρεβάτι και ευχόταν η νύχτα να κρατήσει για πάντα ή, τουλάχιστον, ώσπου να βρουν το σχολείο οι εμπρηστές με τις αναμμένες δάδες, το ξυπνητήρι τον ξυπνούσε ανελέητο τα μίζερα συννεφιασμένα πρωινά!...

Κι όμως στο σχολείο εκείνος ο βραδύγλωσσος δάσκαλος, προτού τον κλείσουν στο φρενοκομείο, του είχε μιλήσει για τη μυστική ζωή των ξυπνητηριών...

Κοίταξε καλά καλά το ξυπνητήρι: παλιό, κειμήλιο· της μακαρίτισσας της γιαγιάς του, της κουφής· πιο παλιό κι απ' τη γιαγιά του ακόμα!

Πόσα χρόνια τώρα ξαγρυπνούσε στο πλευρό του, με δείκτες να φωσφορίζουν παρήγορα στο σκοτάδι, όταν τον ξυπνούσαν της νύχτας οι βραχνάδες... Ο ρυθμικός του χτύπος λες και είχε συντονιστεί με το χτύπο της δικής του της καρδιάς. Ό,τι πιο αληθινό τού είχε απομείνει.

Τ' αγαπημένα του βιβλία τα 'δωσε και τα έκαψαν. Την κιθάρα του την έδωσε και της έσπασαν τις χορδές! Τα εφηβικά του ποιήματα τα έδωσε και τους άλλαξαν τις ομοιοκαταληξίες! Τη φωτογραφία της αγαπημένης του την έδωσε και τη ρετουσάρισαν: από λεπτή

69

κοκκινομάλλα, την έκαναν παχουλή ξανθομαλλούσα.

Το ξυπνητήρι όμως... το ξυπνητήρι του; Θα ήταν για λύπηση όταν θα του το επέστρεφαν ανήμπορο, βουβό και φιμωμένο. Στο έλεος της σάλπιγγας θ' απόμενε· θα βυθιζόταν σ' ένα τέλμα γλιστερό ως το λαιμό.

Ενώ τώρα... τώρα το ξυπνητήρι, με τα ξαφνικά απελπισμένα κουδουνίσματά του, ξυπνούσε μνήμες παλιές, ελπίδες πρωτινές, όνειρα προδομένα... Ένιωθε δυνατός, ικανός για πράξεις παράτολμες, αστόχαστες και απαγορευμένες...

Σκούπισε τον ιδρώτα από το μέτωπό του. Ένιωθε άρρωστος. Οι σκέψεις τού έφερναν ναυτία. Δεν υπήρχε αμφιβολία: αν δεν πήγαινε να το παραδώσει αμέσως στην αστυνομία, κινδύνευε να χάσει τη θέση του στο εργοστάσιο μπισκότων· και το λαχανόκηπό του στην πίσω αυλή· και τον ήλιο του καλοκαιριού· και τη ριγέ γραβάτα του, που θα του την έβγαζαν μαζί με τα κορδόνια των παπουτσιών του, για να μην αυτοκτονήσει προτού τον εκτελέσουν...

Το ξυπνητήρι τον ικέτευε με δείκτες διάπλατα ανοιχτούς, ίδια απελπισμένα χέρια. Ο Τηλέμαχος ήταν δειλός, φοβόταν, αλλά, κακά τα ψέματα, το αγαπούσε το ξυπνητήρι

70

του... το χρειαζόταν... Ένιωσε να τον πνίγει ένα κύμα τρυφερότητας, όταν αναλογίστηκε πόσους μήνες είχε να το κουρντίσει· κι όμως το αφιλότιμο εξακολουθούσε να λειτουργεί! Πόσος κόπος να μη σταματήσει, τι πάλη, τι μόχθος να διατηρήσει το έρμο τα τελευταία α- ποθέματα ελπίδας στα τυραννισμένα ελατήριά του...

Βούρκωσε ο Τηλέμαχος όταν πρόσεξε ότι το οχτώ, μισοξεκολλημένο, είχε πέσει πλαγια- στά, έδειχνε άπειρο...

Έκανε έτσι την κουρτίνα. Μια περιπολία βημάτιζε αργά στο αντικρινό πεζοδρόμιο.

Άνοιξε το ραδιόφωνο. Ένας πιανίστας έ- παιζε μια παλιά επιτυχία με θαυμαστή δεξιο- τεχνία, παρ' όλο που φορούσε χειροπέδες, ό- πως συνηθιζόταν στους καλλιτεχνικούς κύ- κλους τώρα τελευταία.

Ξαφνικά η μουσική σταμάτησε. Μια σοβα- ρή, πειστική φωνή άρχισε να εξηγεί ότι όλα τα πράγματα που κάνουνε τικ τακ είναι επι- κίνδυνα, ύποπτα αντικείμενα: βόμβες, καρδιές ή ξυπνητήρια. Κάθε φιλόνομος πολίτης που θα παρέδιδε το ξυπνητήρι του θα έπαιρνε μια πρόσκληση για τις αρματοδρομίες...

Ο Τηλέμαχος έκλεισε το ραδιόφωνο. Προσπάθησε να κατανικήσει τους δισταγμούς του. Λιποψύχησε:

— Ας πάω να το παραδώσω, να ξεμπερδεύουμε, μονολόγησε. Δεν αξίζει τον κόπο...

Άρχισε να ντύνεται. Πάνω στη βιασύνη του έβαλε μια πράσινη κάλτσα και μια μαύρη. Έδεσε τη ριγέ γραβάτα του τόσο σφιχτά, που παρά λίγο να πνιγεί. Πήρε από τη ράχη της καρέκλας το σακάκι του, το φόρεσε.

Κοντοστάθηκε. Ρούφηξε τη μύτη του. Έσφιξε τις γροθιές του. Έβγαλε το σακάκι, το πέταξε στο κρεβάτι. Χαλάρωσε τη γραβάτα.

Ρούφηξε πάλι τη μύτη του. Πήρε το ξυπνητήρι στις παλάμες τρυφερά, λες και κράταγε μωρό.

— Τικ τακ! έκανε το ξυπνητήρι.

— Τικ τακ! απάντησε ο Τηλέμαχος, του έκλεισε το μάτι και με σταθερά δάχτυλα άρχισε να το κουρντίζει...

***

«Άπαντες οι κάτοικοι παρέδωσαν πρόθυμα τα άχρηστα ξυπνητήρια» έγραφαν την άλλη μέρα οι εφημερίδες. «Ο Δημόσιος Ταξιθέτης δήλωσε ότι μπορούν τώρα να απολαμβάνουν ανενόχλητοι τον ύπνο τους. Σύσσωμο το υπουρ-

72

γικό συμβούλιο τους εύχεται όνειρα γλυκά».

Μα το ίδιο εκείνο βράδυ, στη γειτονιά ε-κείνη, μέσα στα μαύρα τα μεσάνυχτα, ένα ξυ-πνητήρι έσκιζε τη σιωπή με το θρηνητικό ε-πίμονο κουδούνισμά του. Χτυπούσε ξέφρενα, ο-δυνηρά, απελπισμένα, σαν ύστατο σήμα κιν-δύνου χτυπούσε, ξυπνούσε τους πολίτες.

Οι περιπολίες προσπάθησαν να το εντοπί-σουν...

73

Το Τελος Του Τροχονομου

ΣΦΡΙΓΗΛΟΣ, κεφάτος, γεμάτος αυτοπε-
ποίθηση και αισιοδοξία, ο Αργύρης Σαρ-
δάμης, ο τροχονόμος, ανέβηκε στο φρε-
σκοβαμμένο βαρέλι του στην κεντρική δια-
σταύρωση της μεγαλούπολης, μετά από δίμη-
νη αναρρωτική άδεια. Χάρη στην αφοσίωση
της πρόσχαρης φυσιοθεραπεύτριας με τις φα-
κίδες και το πλούσιο στήθος, ο βραχίονάς του
είχε θεραπευτεί από την επώδυνη αγκύλωση.

Πέρασε τα δάχτυλα στο καλοξυρισμένο του
σαγόνι. Το είχε πάρει απόφαση: θα ζητούσε
τη φυσιοθεραπεύτρια σε γάμο μόλις έπαιρνε
προαγωγή.

Ξεκούμπωσε την αριστερή τσέπη, έβγαλε
ένα ζευγάρι ολόλευκα γάντια, τα φόρεσε με
ευκολία. Κορδώθηκε σαν γάλος. Ο γιακάς του
πουκαμίσου του ήταν κολλαρισμένος· η στολή
του άψογη, καλοσιδερωμένη. Την είχε βρει

74

άθικτη, εντελώς τυχαία, στο παλαιοπωλείο
μιας κακόφημης συνοικίας και την είχε αρ-
πάξει οργισμένος από τα χέρια του μαγαζάτο-
ρα, αψηφώντας τις απειλές του και τις προ-
σπάθειές του να του πλασάρει ένα μυγοχε-
σμένο πουκάμισο με λεκέδες από αίμα.

Χαμογέλασε. Ο καιρός ήταν δροσερός, ο ου-
ρανός ασυννέφιαστος. Οι ασφαλτοστρωμένοι
δρόμοι με τις κατάλευκες λωρίδες έσμιγαν υ-
πάκουα στα πόδια του· μερικές κηλίδες από λά-
δια έλαμπαν πολύχρωμες στην άσφαλτο δια-
θλώντας τις ακτίνες του ήλιου.

Κι όμως κάτι έλειπε, κάτι δεν πήγαινε κα-
λά. Ο Αργύρης φόρεσε τα φιμέ γυαλιά του,
σκίασε με την παλάμη του άλλου χεριού τα
μάτια και ερεύνησε με το βλέμμα τα βάθη των
γνώριμων δρόμων. Αδειανοί· κι οι τέσσερις·
νέκρα· ακινησία. Δεν ακουγόταν ο παραμικρός
ήχος· ούτε ένα κορνάρισμα ούτε ένα μαρσάρι-
σμα δεν έφτανε στ' αυτιά του. Δάγκωσε σκε-
φτικός τα χείλη.

— Περίεργο! μονολόγησε. Τι διάολο...

Κοίταξε και ξανακοίταξε τους λεκέδες, λες
και το αντιφέγγισμά τους έκρυβε το μυστικό.
Δάγκωσε τα χείλη σκεφτικός. Συμβουλεύτηκε
το ρολόι του: ο ωροδείκτης είχε σταματήσει·
μόνο ο λεπτοδείκτης λειτουργούσε, κι αυτός

σπασμωδικά. Προσπάθησε ν' αγνοήσει την α-
προσδιόριστη ανησυχία που ξυπνούσε μέσα
του. Έπρεπε να διατηρήσει την ψυχραιμία
του. Συγκεντρώθηκε και απαρίθμησε νοερά ό-
λες τις πιθανές αιτίες που θα μπορούσαν να ε-
ξηγήσουν την τρέχουσα κατάσταση με βάση
την πείρα και τη μακροχρόνια εκπαίδευσή
του: Αργία; Ιστορική επέτειος; Απεργία; Μή-
πως για κάποιον άγνωστο αλλά επιτακτικό
λόγο είχε απαγορευτεί ολοσχερώς η κυκλοφο-
ρία και είχαν παραλείψει οι υπεύθυνοι να τον
ενημερώσουν; Εκτός αν... —η σκέψη τον
τρόμαξε—, αν τηλεφώνησαν στο θάλαμο την
ώρα που εκείνος γύμνωνε τα βυσσινόρωγα
στήθη της φυσιοθεραπεύτριας πάνω στο χαλα-
σμένο χειρουργικό τραπέζι με το σκισμένο μου-
σαμά, στα υπόγεια της κλινικής.

Έπιασε τ' αυτί του έναν ήχο· βήματα. Έ-
στρεψε το κεφάλι: ένας οδοκαθαριστής με φθαρ-
μένο παλτό, βρόμικες γαλότσες περπατούσε
σκουντουφλώντας σύρριζα στο πεζοδρόμιο, μά-
ζευε σ' ένα φαράσι παλιόχαρτα, αποτσίγαρα,
χρησιμοποιημένα προφυλακτικά, σπασμένα δό-
ντια, τέτοια...

— Δε μου λες, φίλε... έκανε να φωνάξει ο
Αργύρης, αλλά η φωνή του βγήκε μισός ψίθυ-
ρος απ' το λαρύγγι του.

76

Έβαλε το χέρι χωνί στο στόμα:

— Δε μου λες, φίλε... προσπάθησε πάλι, τεντώνοντας το σβέρκο, αλλά ο οδοκαθαριστής είχε τραβήξει τη σχάρα ενός υπονόμου. Χάθηκε στο βάθος της. Την ίδια στιγμή πήρε το μάτι του έναν τυφλό με λευκό μπαστούνι, που βοηθούσε μια φτιασιδωμένη πόρνη, κουρεμένη με την ψιλή, να περάσει στο αντικρινό πεζοδρόμιο.

Αυτοί ήταν και οι τελευταίοι συνάνθρωποι που είδε ο Αργύρης· ούτε ψυχή δεν ξαναφάνηκε στο σύμπλεγμα των δρόμων και, το χειρότερο, ούτε ένα όχημα. Ένα ήταν σίγουρο: δεν έπρεπε να περιμένει με σταυρωμένα χέρια. Ποια όμως ήταν η ενδεδειγμένη, η πρέπουσα κίνηση; Να σπεύσει το ταχύτερο στο τμήμα; Να αναφέρει στην ιεραρχία ότι οι κεντρικές αρτηρίες είχαν νεκρωθεί; Ότι μόνο πόρνες και τυφλοί είχαν απομείνει; Αν το ήξεραν όμως; Αν το είχαν αποφασίσει οι ανώτεροι για λόγους επιτελικούς; Αν βρισκόταν αυτή τη στιγμή στο επίκεντρο μιας άσκησης; Άσκησης συντονισμένης ως την παραμικρή της λεπτομέρεια; Εν τοιαύτη περιπτώσει, τυχόν απουσία του θα θεμελίωνε την κατηγορία της λιποταξίας. Ίσως μάλιστα να τον θεωρούσαν προσωπικά υπεύθυνο για τα πολύνεκρα ατυχήματα που θα

77

συνέβαιναν όσο έλειπε από το πόστο του. Άσε τη γελοιοποίηση, τη διαπόμπευση... Άσε το σαρκασμό των συναδέλφων.

«Τι διάολο, δεν μπορεί! Όπου να 'ναι θα φανούν» προσπάθησε να πείσει τον εαυτό του, να κατανικήσει τον πανικό, που κουλουριαζόταν και θέριευε στο στομάχι του. «Θα με περικυκλώσουν όπου να 'ναι τα ταξί, τα λεωφορεία, τα βυτία εκκενώσεως βόθρων, τα μοτοσακό, τα γιωταχί... το χάος...».

Του άρεσε να χειραγωγεί το χάος. Ίσως αν έκανε πάλι τις σωστές κινήσεις, τις ορθές επικλήσεις, ίσως να εμφανίζονταν τα κύματα των οχημάτων. Ύψωσε τα χέρια σε απελπισμένη ανάταση, τα έτεινε σε διάπλατη έκταση, τα σταύρωσε στο στήθος λες και προσευχόταν σε υποχθόνιους θεούς. Μάταια.

Έπιασε να φυσάει. Ο άνεμος πήρε μερικά σκουπίδια, τα στροβίλιζε στο κράσπεδο της διασταύρωσης, όταν πέρασε από το νου του η σκέψη να συμβουλευτεί το Υπηρεσιακό Εγχειρίδιο. Ξεκούμπωσε την πάνω τσέπη του σακακιού· ευτυχώς ήταν εκεί ακόμα. Έβγαλε τον ξεφτισμένο κώδικα και τον άνοιξε στην τύχη.

«Όταν σταματάει η κυκλοφορία» διάβασε «η καρδιά νεκρώνεται. Τεχνητή αναπνοή αντενδείκνυται όταν ο αντίπαλος είναι φιμω-

μένος. Μια λανθασμένη κίνηση μπορεί να κα-
ταλήξει σε ακάθεκτη ακινησία. Αυτό αποτε-
λεί υπηρεσιακό αδίκημα, που τιμωρείται με
αντίστροφη μέτρηση και αναστολή προαγω-
γής. Ο εγκέφαλος παύει να λειτουργεί. Το
καθήκον όμως υπερέχει. Ο θάνατος είναι α-
νώδυνος. Το καθήκον ακαριαίο.»

— Ο θάνατος είναι ακαριαίος... το καθήκον
ανώδυνο... ψιθύρισε ο Αργύρης πασχίζοντας
να ξεκαθαρίσει τις συγκεχυμένες έννοιες, να
ξεδιαλύνει τα στρυφνά νοήματα, αλλά, όσο
πιο πολύ τα διαλογιζόταν, τόσο περισσότερο
τον προβλημάτιζαν.

Ήξερε βέβαια ότι το εγχειρίδιο περιείχε
κάποιες ηθελημένες ασάφειες, δυσνόητες ανα-
φορές, απόκρυφες παραπομπές, αντιφάσεις,
τυπογραφικά λάθη, διφορούμενες εκφράσεις.
Όσοι όμως κατάφερναν να το αποστηθίσουν
έπαιρναν προαγωγή και ο αγέλαστος Διοικη-
τής τούς καλούσε στην εξοχική του έπαυλη,
για να γνωρίσουν τη γυναίκα του και να παί-
ξουν κρυφτό στον κήπο με τη μικρή του κόρη...
Πόσα δεν είχε ακούσει γι' αυτόν τον κήπο...
Και πόσο πολύ δεν είχε λαχταρήσει την ανή-
λικη κόρη με την καυτή ευωδιαστή ανάσα...

Πέρασαν δυο τρεις ώρες· ίσως παραπάνω.
Το φως αδυνάτιζε. Οι δρόμοι αδειανοί, βυθι-

79

σμένοι στη σιωπή, χωρίς σκοπό, έξω απ' το
ρυθμό του χρόνου. Και ο Αργύρης Σαρδάμης ε-
κεί, στη σύγκλιση των μεγάλων δρόμων, με
τα μάτια στυλωμένα στο κενό, αναπόλησε τις
μέρες της δόξας του, το εκκωφαντικό πανδαι-
μόνιο, τις εξατμίσεις, τις κόρνες, τις βλα-
στήμιες, τις βλοσυρές φάτσες των ταξιτζή-
δων, τα ντροπαλά πρόσωπα των μελλονύμφων
στις μαύρες λιμουζίνες με τις λευκές κορδέ-
λες, τα ολοκόκκινα μηχανάκια, τα ατέλειωτα
ποτάμια οχημάτων. Πόσο θα 'θελε ν' άκουγε
ξανά τα τριξίματα των τροχών, τις σειρήνες
των περιπολικών, τους μεταλλικούς ήχους
των τρακαρισμάτων! Τι δε θα 'δινε να 'βλεπε
ένα φορτηγό να πλησιάζει, μια λιμουζίνα,
ένα καμιόνι, ένα τρίκυκλο, μια βέσπα έστω...

Τι να 'γιναν τόσα οχήματα; Κυκλοφορούσαν
κάποτε ή τα είχε γεννήσει η παραφορά του;

Να 'φταιγε η κόρη του Διοικητή; Η κρίση
πετρελαίου; Ή μήπως το φταίξιμο ήταν δικό
του, δικό του μόνο; Προσπάθησε να συναρμολο-
γήσει τις θρυμματισμένες αναμνήσεις. Το γα-
λάζιο πούλμαν! Το πούλμαν με τα παιδιά που
πήγαιναν εκδρομή, το αγόρι με τα ξανθά μαλ-
λιά, που τον κοίταξε, κάτι φώναξε μέσα από
το κλειστό παράθυρο, δεν κατάφερε να το α-
κούσει...

Ακολούθησε η αγκύλωση, η αμνησία, το παραλήρημα, το πούλμαν στα βράχια του γκρεμού, δεμένος πισθάγκωνα στο σηματοδότη να προσπαθεί να ξεφύγει, ενώ οι γρασαδόροι τον έφτυναν με απέχθεια στο βρόμικο γκαράζ...

Ακίνητος, κουρασμένος, με ώμους σκυφτούς, μάτια στυλωμένα στο κενό, σιωπηλή επίκληση, εξακολουθούσε να ελπίζει ότι όπου να 'ναι κάποιο παρήγορο όχημα θα προβάλει από το βάθος κάποιου δρόμου... Σιωπή όμως, ερημιά...

Σκοτείνιαζε. Τέτοια ώρα άναβαν τα φανάρια, έβγαιναν τα φλας. Χαμένος στις σκέψεις του ένιωθε τα χρόνια να περνούν, να λαχανιάζει κυνηγώντας την κόρη του Διοικητή στον παραμελημένο κήπο, να γερνάει. Ρυτίδες χαράκωναν το πρόσωπό του. Τον πονούσαν οι κλειδώσεις των δαχτύλων. Έβγαλε το γάντι κι έφερε το χέρι στο πιγούνι· τον αγκύλωσαν τα σκληρά του γένια...

Η νύχτα τον βρήκε εκμηδενισμένο, με σκυμμένο κεφάλι, τα χέρια αφημένα στο πλάι, ναυάγιο στη μέση του μεγάλου κόμβου. «Μάταιος κόπος» συλλογίστηκε.

Το πήρε απόφαση. Τίναξε το πόδι για να απαλλαγεί από το αναρριχητικό φυτό που του έσφιγγε τη γάμπα, άνοιξε το πορτάκι, κατέβηκε από το βάθρο του ηττημένος. Προχωρούσε σκυφτός στην υγρή άσφαλτο, που ήταν σημαδεμένη από τις ερπύστριες των τανκς. Ήταν ξυπόλυτος· ένιωθε τις σκληρές ουλές στα γυμνά του πέλματα. Συλλογιόταν τη φυσιοθεραπεύτρια με τις φακίδες και το πλούσιο στήθος. Θα τον αναγνώριζε άραγε ύστερα από τόσα χρόνια;

Δεν είχε κάνει πέντε βήματα, όταν τον τύφλωσαν οι προβολείς του τζιπ που ξεπρόβαλε αναπάντεχα από τη στροφή του δρόμου και χίμηξε πάνω του μουγκρίζοντας.

Δεν πρόλαβε ν' αντιδράσει. Τα φρένα στρίγκλισαν· ξαφνιασμένος ένιωσε το μέταλλο να τον χτυπάει με φόρα στο πλευρό, να τον τινάζει απότομα, έσκασε με τα μούτρα στο κράσπεδο.

«Επιτέλους!» πρόλαβε να σκεφτεί ο Αργύρης, προτού χάσει τις αισθήσεις του στην άσφαλτο της νυχτωμένης πολιτείας...

Ο ΤΟΙΧΟΚΟΛΛΗΤΗΣ

ΗΤΑΝ σκοτάδι ακόμα, όταν το φορτηγάκι τον άφησε σε μια πάροδο κοντά στο δημαρχείο. Ξεφόρτωσε τη σκάλα, τη βούρτσα, τον κουβά με τη νερόκολλα, το ρολό με τις αφίσες.

— Είσαι σίγουρος ότι θα τα καταφέρεις μόνος σου; ρώτησε ο Φρίξος βάζοντας μπροστά τη μηχανή.

— Μείνε ήσυχος! τον καθησύχασε χοροπηδώντας, με τα χέρια στις τσέπες του λιγδιασμένου του μπουφάν. Τον βόλευε έτσι: ο Φρίξος να επιδίδεται στην ειδικότητά του, διαρρήξεις, και να τον αφήνει μόνο του με τις αφίσες.

Όταν το φορτηγάκι χάθηκε στη στροφή του δρόμου, κοίταξε γύρω στα κλεφτά. Ερημιά, ψυχή δε φαινόταν πουθενά. Έπρεπε να 'χει το νου του ωστόσο. Ίσως οι επιστάτες να τον αναζητούν ακόμα· ίσως να είχαν ακολουθήσει τα ίχνη του νυχτοπατώντας στα μαλακά λαστιχένια τους ποδήματα και να περίμεναν τώρα την κατάλληλη στιγμή για να μουντάρουν πάνω του και να τον ξεκοιλιάσουν. Εδώ και τέσσερις πέντε μήνες ζούσε με το βασανιστικό αυτό φόβο, που δεν τον άφηνε να ησυχάσει ούτε λεπτό. Είχε δουλέψει στην ψαραγορά ένα φεγγάρι, αλλά τον έδιωξαν μια μέρα χωρίς λόγο. Το δίχως άλλο, οι επιστάτες σκόρπαγαν φήμες για τη συλλογή του από μεταχειρισμένα προφυλακτικά.

Για να τους αποφύγει, περνούσε τις μέρες ολομόναχος στο βρόμικο ημιυπόγειο, δεν έβγαινε συχνά, δεν έκανε παρέα με κανέναν στο συνοικισμό, ούτε άλλωστε του έδινε κανένας σημασία, εκτός από τις πολύχρωμες εικόνες στις αφίσες.

Ο υποψήφιος δήμαρχος με το ριγέ κουστούμι ήταν ο πρώτος που του άνοιξε, στα καλά καθούμενα, κουβέντα. Τον είχε κοιτάξει κατάματα επιτιμητικά, όταν αλείβοντας με νερόκολλα τη φάτσα του είχε γεμίσει με βαθιές ρυτίδες τα καλοξυρισμένα μάγουλα, το πλατύ μέτωπο· τις ίδιες ρυτίδες, παραπονέθηκε, που με τόση φροντίδα είχε αφαιρέσει ο ευσυνείδητος φωτογράφος... Είπανε ο ένας στον άλλο τα βάσανά τους και ο δήμαρχος υποσχέθηκε να του βρει δουλειά όταν θ' ανέβαινε με το καλό στην εξουσία.

Λίγες μέρες αργότερα ο ηλιοκαμένος καουμπόης με τα σκληρά χαρακτηριστικά και το θελημα τικό πιγούνι τού έδωσε μια ρουφηξιά απ' το μακρύ τσιγάρο του και το επόμενο βράδυ το μερωμένο λιοντάρι της αφίσας του τσίρκου έγλειψε με την τραχιά του γλώσσα τον καρπό του χεριού του.

«Ποιος ξέρει τι με περιμένει σήμερα...» σκέφτηκε χαμογελώντας. Με δάχτυλα που έτρεμαν από το κρύο ξετύλιξε την πρώτη αφίσα. Την κόλλησε με δυσκολία στον ξύλινο φράχτη που περιστοίχιζε τα μισοσκαμμένα θεμέλια μιας οικοδομής και πισωπάτησε για να την καμαρώσει.

Στο υποκίτρινο φως των φαναριών είδε μια γυναίκα μελαχρινή με μακριές βλεφαρίδες, φιλήδονα χείλη, που καθόταν στην άκρη μιας χρυσαλειμμένης καρέκλας. Τα μαλλιά της κυλούσαν στους άψογους ώμους μαύρα και σγουρά. Φορούσε στο λαιμό ένα λεπτό κολιέ και στο δεξί της χέρι ένα βραχιόλι από τις ίδιες λευκές πέρλες. Μισόγυμνη, με διάφανα εσώρουχα, ζαρτιέρες, έγερνε προς το μέρος του ελαφρά, αγγίζοντας διστακτικά με τ' ακροδά-

85

χτυλα την άκρη της μεταξωτής κάλτσας στο γοφό, λες και μόλις την είχε φορέσει ή δεν ήταν σίγουρη αν έπρεπε να τη βγάλει ή όχι. Με βλέφαρα μισόκλειστα· φαινόταν απορροφημένη σε σκέψεις μυστικές και ευχάριστες. Πλάι της γλώσσες φωτιάς από κάποιο αόρατο τζάκι φώτιζαν μια κονσόλα, ένα ανθοδοχείο με χρυσαφένια στάχυα, κλωνιά δαμασκηνιάς μπουμπουκιασμένα...

Του φάνηκε ότι κάπου την ήξερε, κάπου την είχε ξαναδεί... Πότε όμως; Πού; Σε κάποια άλλη γειτονιά; Κάποια άλλη αφίσα; Κάτι στη μνήμη του προσπαθούσε να πάρει μορφή, αλλά δεν κατάφερνε να το προσδιορίσει. Ένιωσε μια ανυπόφορη νοσταλγία να τον πλημμυρίζει, μια αβάσταχτη επιθυμία να της δώσει ένα όνομα, να βρεθεί κοντά της, να την αγγίξει, να νιώσει το άγγιγμά της...

Το σφάλμα του ήταν ότι, έτσι όπως είχε πισωπατήσει δυο τρία βήματα, βρέθηκε καταμεσής στον κακοφωτισμένο δρόμο. Η βέσπα με τους μεθυσμένους φαντάρους, που πρόβαλε αναπάντεχα από τη γωνία, δεν πρόλαβε να φρενάρει, τον χτύπησε με φόρα, τον έριξε με τα μούτρα στην άσφαλτο, κι εκεί ο τοιχοκολλητής έχασε τις αισθήσεις του.

***

86

Όταν συνήλθε, όλα ήταν γύρω του συγκεχυμένα. Βάδιζε κουτσαίνοντας σε μια σκοτεινή συνοικία με κλειδωμένα μαγαζιά, ρολά κατεβασμένα.

Δεν ήξερε πού ακριβώς βρισκόταν, ένιωθε όμως ότι έπρεπε το δίχως άλλο να την ξαναβρεί, να τη σώσει από τους υποψηφίους και τα ψυγεία. Έψαχνε με το βλέμμα τους λεκιασμένους τοίχους με τους μισοπεσμένους σοβάδες σ' ένα λαβύρινθο δρόμων που δεν είχαν όνομα, δεν είχαν αρχή ούτε και τέλος.

Βρήκε τον υποψήφιο δήμαρχο με σακούλες κάτω από τα μάτια και μέτωπο καταζαρωμένο, που είχε χάσει τις εκλογές, και περίλυπος κούνησε το κεφάλι του αρνητικά, όταν ρώτησε αν ήξερε τι απόγινε η μαυρομαλλούσα. Βρήκε τον ηλιοκαμένο καουμπόη, που κρατούσε ακόμα το ίδιο τσιγάρο, το λιοντάρι, που έγλειφε κλαψουρίζοντας την πληγή του μακελεμένου του ποδιού· εκείνη όμως δε φαινόταν πουθενά... Ένιωσε να τον κυριεύει ένας ακράτητος θυμός, ανείπωτη αγωνία. Μήπως άλλοι τοιχοκολλητές, βάναυσοι και αναίσθητοι, είχαν ασελγήσει πάνω της, είχαν αλείψει τα χείλη της και το κορμί της με το παχύρρευστό τους σπέρμα;

Ξαφνικά ένιωσε εκεί κοντά μια γνώριμη

87

παρουσία. Κοντοστάθηκε. Πέρασε τρέχοντας ένα στενό σοκάκι που έβγαζε σ' έναν ανηφορικό δρόμο από πίσω. Εδώ ήταν· έπρεπε να βρίσκεται στο ίδιο μέρος. Τα καχεκτικά δέντρα με τα μαραμένα φύλλα, το σκουπιδιασμένο πεζοδρόμιο, ο ξύλινος φράχτης. Η οικοδομή είχε αρχίσει να υψώνεται. Εκείνη όμως έλειπε.

Να 'κανε και πάλι λάθος; Στάθηκε ακίνητος· άκουσε μιαν ανάσα δίπλα. Δική της ήταν! Θόλωσε. Ρίχτηκε στο φράχτη παραμιλώντας, ξέσκιζε με αγανάκτηση, με μανία τις αφίσες πασχίζοντας να τη βρει, να την ξεσκεπάσει, να τη σώσει από τους βραχνάδες, τα πλήθη, τα στρώματα των ξένων που την έπνιγαν, την πλάκωναν ασφυχτικά ποιος ξέρει πόσες μέρες τώρα...

Η καρδιά του χτυπούσε δυνατά, τα νύχια του είχαν ματώσει, όταν κάτω από το λάστιχο της μοτοσικλέτας, κάτω από το ουίσκι με την ξεχωριστή γεύση και το ψυγείο με διανεμητή για παγάκια ξέθαψε ένα ίχνος από το χαμόγελό της, λίγα στάχυα μαδημένα, στραπατσαρισμένα, θρύψαλα απ' το σπασμένο βάζο, την καμπύλη του γοφού, το λεπτό χέρι με τις λευκές πέρλες ν' αγγίζει την άκρη της διάφανης κάλτσας.

Είχε σκύψει αλλοπαρμένος και μ' ένα σφί-

ξιμο στο λαιμό, με μάτια βουρκωμένα έφερνε
τα χείλη στο γόνατό της, όταν ένιωσε ένα
χέρι να πέφτει βαρύ στον ώμο του. Τον απέ-
σπασε βίαια από την αφίσα, τον τράβηξε ά-
γρια, πάλεψε, η λαβή τον έπνιγε· άδικα πα-
ρακαλούσε, σπαρταρούσε να λευτερωθεί, να ε-
ξηγήσει ότι δεν ήταν τυμβωρύχος, ότι δεν είχε
αψηφήσει τις υπόλοιπες αφίσες, ότι θα έπινε
το αντιηλιακό λάδι, θα έκανε οικονομίες ν' α-
γοράσει το θέορατο ψυγείο και να μπει μέσα,
θα καβαλούσε τη μοτοσικλέτα και θα τους
πήγαινε στο τσίρκο, αρκεί να τον άφηναν να
βρεθεί για μια στιγμή κοντά της...

Όταν πια οι στιβαροί επιστάτες με τις λευ-
κές φόρμες και τα λαστιχένια ποδήματα τον
έσερναν μισολιπόθυμο στους στενόμακρους δια-
δρόμους που μύριζαν φορμόλη, κατάλαβε ότι
το είχε χάσει το παιχνίδι, ήταν πια αργά, α-
δύνατο τώρα να τους ξεγελάσει, να τους απεί-
λήσει, να τους δωροδοκήσει. Θα έβρισκαν στις
τσέπες του τα λασπωμένα προφυλακτικά που
έκλεβε τα βράδια από το δάσος, θα τον τάιζαν
μ' εκείνα τα χαπάκια που ζωντάνευαν κρεα-
τόμυγες στα σωθικά του.

Ο ξερακιανός ανακριτής με το στηθοσκόπιο
έλυσε τη γραβάτα του και τον κοίταξε φιλικά,
με οικειότητα... Κάτι ρωτούσε...

— Γιατί δεν έτρωγες φαρίν λακτέ με γεύση βανίλιας; Γιατί δε χρησιμοποιούσες και από τις δυο μασχάλες το αποσμητικό;

Άρχισε να χασκογελάει. Δεν μπορούσε να συγκρατηθεί· ξεκαρδίστηκε, διπλώθηκε στα δύο. Γελούσε τόσο πολύ, που ήρθαν δάκρυα στα μάτια του και άθελά του κατουρήθηκε.

Ο ανακριτής αγρίεψε. Σφίγγοντας τα χείλη, σκυθρωπός, έκανε νόημα στην αδελφή.

— Γιατί τρύπησες το λάστιχο της μοτοσικλέτας; τον ρώτησε με ένρινη φωνή αλλαγμένη. Γιατί δεν ψήφισες το δήμαρχο; Γιατί κόλλησες ανάποδα τον ακροβάτη; Και το κυριότερο, τι σχεδίαζες να κάνεις; Πήγαινες να μπεις, ρεμάλι, ε; Δεν ξέρεις ότι απαγορεύεται αυστηρά η είσοδος; Λέγε, ρε! Δεν το ξέρεις; Ποιος θαρρείς πως είσαι;

Οι άλλοι τρεις τον κρατούσαν βάναυσα από τους ώμους. Του ξύριζαν πάλι το κεφάλι. Είδε τη σύριγγα που κρατούσε ο φαλακρός με το σταματημένο ρολόι, είδε την αδελφή να σπρώχνει σ' ένα τρόλεϊ τη συσκευή με τα γκρίζα καλώδια. Τον έκοψε κρύος ιδρώτας. Τρέμοντας από φόβο κοιτούσε γύρω του, παγιδευμένο ζώο· ένα σωρό σκέψεις γύριζαν στο μυαλό του. Το μάτι του έπεσε στο ανοιχτό παράθυρο. Τότε, εκεί, στον αντικρινό τοίχο, με-

90

γάλη, φωτεινή, ολοκάθαρη, αμόλευτη την είδε!

Αναρίγησε! Ήταν εκείνη! Το ίδιο δωμάτιο! η ίδια στάση! Τα σγουρά μαλλιά, το τζάκι, τα λουλούδια! Αθόρυβα γλίστρησε ανάμεσα από τα βέβηλα χέρια τους, ξέφυγε από τα καλώδια, δρασκέλισε το παράθυρο με ευκολία, πήδηξε, πλησίασε την αφίσα. Εκείνη ανασήκωσε το κεφάλι. Τον αναγνώρισε. Το πρόσωπό της άλλαξε έκφραση· του χαμογέλασε. Άπλωσε το χέρι, τον βοήθησε να περάσει στο μυστικό της κόσμο. Βρέθηκε στο δωμάτιο με τα χρυσαφένια στάχυα. Ένιωσε τη θαλπωρή του τζακιού· ανάσανε το ανάλαφρο άρωμα του ιδρώτα της. Κάθισε πλάι της στο λευκό χαλί και ακούμπησε το κεφάλι του στα γόνατά της.

Στέναξε με ανακούφιση. Ό,τι κι αν έκαναν, όσο και να πολεμούσαν, δε θα μπορούσαν πια να τους χωρίσουν. Τα δάχτυλά της άγγιξαν τα μαλλιά του τρυφερά. Σιγά σιγά άλλες αφίσες θα τους σκέπαζαν, θα τους έκρυβαν από τα μάτια των περαστικών, θα 'μεναν μόνοι τους, ολομόναχοι οι δυο τους.

Ας συνέχιζε τη διάγνωσή του ο ανακριτής, ας εξακολουθούσαν να βασανίζουν το ομοίωμά του οι επιστάτες.

Εκείνος δε θα ξανάβγαινε ποτέ από την αφίσα...

91

ΤΟ ΠΟΡΤΟΚΑΛΙ ΑΛΕΞΙΠΤΩΤΟ

ΕΝΑ καλοκαιριάτικο βράδυ, πλάι σε μια πίστα, ενώ έπαιζε η ορχήστρα, ήταν ένα κορίτσι που όλο χαμογελούσε, χαμογελούσε ειρωνικά, κόρη των φεγγαραχτίδων, με τη γύρη των κρίνων στα υγρά της μαλλιά. Ο καβαλιέρος της, νέος σεμνός, πήγε να ρίξει στο ποτό της ένα παγάκι. Μα το παγάκι έγινε περιστέρι, φτερούγισε στις λυγαριές.

Ναι, ήταν βράδυ· ήταν μια πίστα· και μια ορχήστρα. Ένας νέγρος με ανοιχτό πουκάμισο στο χρώμα της φωτιάς έπαιζε σαξόφωνο· σκούρες φιγούρες με λευκά παπιγιόν να σερβίρουν λωτούς με σαντιγί και φλογισμένα παγωτά.

Κανείς δεν πρόσεξε τον μπαλονά.

Ένας μπαλονάς, με ίχνη στα χέρια από δεσμά, ασημόγκριζα μαλλιά, είχε έρθει σ' εκείνο το κέντρο εκείνο το βράδυ. Κρατούσε μια βέργα με μπαλόνια κίτρινα, ρόδινα και θαλασσιά. Στάθηκε πάλι στο παρτέρι, έκοψε ένα γεράνι, το κοιτούσε ώρα πολλή, ώσπου έπεσε απ' το πρόσωπό του η μάσκα ραγισμένη.

Και ο καβαλιέρος σήκωσε το κορίτσι που χαμογελούσε για τον πρώτο της χορό. Ανάσα της θάλασσας, πνοή μυρωμένη· δροσοσταλίδα γέλιο γιασεμιού· πεφταστέρι δάκρυ τ' ουρανού στο μετάξι των μαλλιών της.

Κόσμος πολύχρωμος, πυκνός, δαντελένια μανικέτια, αράχνινες εσάρπες, πουκάμισα φαντεζί, κι όλα μαζί να κολυμπούν σε μια ρόδινη αχλύ, θαμπή και νεραϊδένια...

Μα... τι σαλεύει εκεί, πίσω απ' τις σκοτεινές βαθύσκιωτες αλέες; Κάτι φτερά· απ' τα καπέλα των φρουρών φτερά...

***

Ένα βράδυ... Σε μια πίστα... Ενώ έπαιζε η ορχήστρα ρυθμικά...

Ένα πορτοκαλί αλεξίπτωτο φάνηκε φωσφορίζοντας φανταστικά στο μαβί βελούδο του καλοκαιριάτικου ουρανού.

Χαμήλωσε απαλά...

Κι ένας πιλότος με γκρίζα μάτια έπεσε ανάμεσα στους χορευτές.

Η ορχήστρα δε σταμάτησε ούτε στιγμή να

παίζει... Τα ζευγάρια να μουρμουρίζουν μυστικά... Χείλη φιλήδονα ν' αποζητούν άλικα χείλη μελωμένα...

Το μεταξένιο αλεξίπτωτο, χάδι ηδονικό, σκέπασε τα ζευγάρια. Μετά το πήρε ο άνεμος στο δροσερό γρασίδι...

Ο πιλότος υποκλίθηκε στο κορίτσι, που δεν είχε πάψει να χαμογελά, εκείνο σηκώθηκε κι άγγιξε με τ' ακροδάχτυλα την ουλή στο μάγουλό του.

— Είδα το περιστέρι! είπε ο πιλότος και πήρε το κορίτσι από τη μέση απαλά, το 'σφιξε στην αγκαλιά του με λαχτάρα, ενώ τα χείλη του έτρεχαν στα δαχτυλιδένια της μαλλιά. Έχωσε το πρόσωπό της στο λαιμό του.

Ο καβαλιέρος έτρεξε να παραπονεθεί.

Η ορχήστρα έπαιζε τώρα τρελά· αστέρια αυγινά ξεπηδούσαν από το σαξόφωνο, ασημένιο σιντριβάνι σε κάθε φύσημα του σαξοφωνίστα με τα φλόγινα μαλλιά. Ο ντράμερ με το ροζ τατουάζ χτύπησε δυνατότερα από το κανονικό τα ντραμς και το φεγγάρι ψηλά έσπασε σε μύρια θρύψαλα, που έπεσαν και σκάλωσαν στα κλωνιά των ευκαλύπτων, κονκάρδες του έρωτα.

Την ίδια στιγμή πρόβαλαν από τις αλέες οι φρουροί· είχαν στα καπέλα τους φτερά, όπλα

βαριά στα χέρια· γέμιζαν τα όπλα με κρότο
ξερό, έτοιμοι να πυροβολήσουν τον αναιδέστα-
το αυτόν πιλότο, που τόλμησε μ' ένα τόσο ό-
μορφο πορτοκαλί αλεξίπτωτο, σχεδόν παραμυ-
θένιο, να πέσει στη μέση της πίστας ένα τόσο
ωραίο βράδυ και να χορεύει με το γελαστό κο-
ρίτσι.

— Πουλάω μπαλόνια! Μπαλόνια μαγικά!
ακούστηκε τότε μια φωνή, η φωνή του μπαλο-
νά, που σίμωσε αόρατος την πίστα.

— Πουλάω μπαλόνια!

Και ο πιλότος αγόρασε με μια παλιά πε-
ντάρα ένα θαλασσί μπαλόνι. Το φούσκωσε, το
φούσκωσε πολύ, το μπαλόνι μεγάλωσε, έγινε
πελώριο, ονειρεμένο —κανείς δεν μπορούσε να
φανταστεί ότι θα φούσκωνε τόσο πολύ—, πή-
ρε το κορίτσι αγκαλιά, κρατήθηκαν από το
σπάγκο γελαστοί, το μπαλόνι τούς πήρε μαζί
του ψηλά, στην άχνα της νύχτας.

Οι φρουροί έστησαν τα όπλα στον ώμο.

Σημάδεψαν.

Η μουσική δυνάμωσε.

Η ορχήστρα έπαιζε ορμητικά. Τα τύμπανα
κροτάλιζαν.

Μανιωμένος ο χορός, δαιμονικός.

Η βραχνή φωνή του σοκολατένιου τραγουδι-
στή λυγμός.

Το φως σπαρταρούσε.

Προβολείς έσκιζαν το σκοτάδι.

Οι φρουροί πυροβολούσαν.

Μα ο ουρανός σάλευε πέλαγο κι ατλάζι, τα σύννεφα ανεμώνες που φυλλορροούσαν, τα παπιγιόν των μετρ χρυσαφένιες πεταλούδες και οι γαρδένιες οι λευκές, που πουλούσαν τα κορίτσια με τις μπλε ποδιές, γλάροι γίνονταν, τα παγάκια περιστέρια, τα γιασεμιά αστέρια, τρέμιζαν, κυμάτιζαν, δεν τους άφηναν να σημαδέψουν...

Το μπαλόνι χάθηκε.

Και κανείς δεν ξανάδε από τότε τη γαλάζια του θωριά.

Η ορχήστρα συνέχισε να παίζει.

Τα ζευγάρια να χορεύουν.

Τα γκαρσόνια να σερβίρουν παγωτά.

Ο μπαλονάς μόνο... όπως έκανε να φύγει σκεφτικός... αντίκρισε μπρος του τους φρουρούς να προβάλλουν από τους θάμνους.

Ζύγωσαν ανέκφραστοι. Σκοτεινές τον σημάδεψαν δυο κάννες.

— Τι έκανα; ρώτησε. Τι έκανα πάλι;

Δεν αποκρίθηκαν· τα πρόσωπά τους, μάσκες από μπρούντζο, άστραφταν στο φεγγάρι. Έφεραν το δάχτυλο στη σκανδάλη.

Ο μπαλονάς κοιτούσε απορημένος.

Η σφαίρα τον βρήκε καταμεσής στο μέτωπο και ζωγράφισε εκεί ένα πορφυρό γεράνι.

— Για ένα μπαλόνι... μουρμούρισε προτού σωριαστεί στο γρασίδι, πλάι στους παλιούς του φίλους.

ΤΟ ΠΑΙΧΝΙΔΙ ΤΗΣ ΤΥΦΛΟΜΥΓΑΣ

Η ΑΝΑΓΓΕΛΙΑ της Γιορτής της Τυφλόμυγας από το Δημόσιο Ταξιθέτη έγινε δεκτή με κάποια δυσπιστία στην αρχή, αλλά στη συνέχεια με ανυπόκριτο ενθουσιασμό, επειδή όλα τα παιχνίδια, εκτός από το κυνηγητό —ιδιαίτερα το κρυφτό και ο πετροπόλεμος—, είχαν απαγορευτεί εδώ και πέντε χρόνια.

Οι κανόνες ήταν σχετικά απλοί: οι φιλόνομοι πολίτες έπρεπε να φορέσουν σκούρο πανί στα μάτια και ν' αμολυθούν στους δρόμους παίζοντας τυφλόμυγα.

Όταν έφτασε η καθορισμένη μέρα, δεν έμεινε ούτε ένας που να μη φόρεσε μαντίλι. Όσοι αρνήθηκαν, όπως ο Μενέλαος ο οφθαλμίατρος για παράδειγμα, που ήθελε σώνει και καλά να παίξει πετροπόλεμο, έφαγαν κάμποσες γονατιές στ' αχαμνά, μπούκωσαν αίμα και άλλαξαν γνώμη.

98

Η επιτυχία του παιχνιδιού ξεπέρασε κάθε προσδοκία. Πολύχρωμα ποτάμια κόσμου πλημμύρισαν πλατείες, δρόμους, πάρκα, γήπεδα, νταμάρια, ουρητήρια, αλάνες, αδιέξοδα και γενικά όλους τους δημόσιους χώρους.

Αρχιμανδρίτες και φαντάροι κυνηγούσαν αστρονόμους, χειρομάντες και ζαχαροπλάστες πασπάτευαν λοστρόμους και αυστηροί ειρηνοδίκες έβαζαν χέρι σε ξεμαλλιασμένες ταξιθέτριες με κοντά καλτσάκια.

Ξαναμμένοι, λαχανιασμένοι, αλαλιασμένοι από συγκίνηση, έτρεχαν όλοι από χίλιες μεριές, σκοντάφτοντας κάθε τόσο σε ματωμένα κράνη και διαμελισμένα πτώματα ποιητών.

Γέλια, σφυρίγματα, ποδοβολητά και χαρούμενες φωνίτσες. Ακούστηκαν βέβαια και μερικά σκουξίματα όπως του Μενέλαου, που πήγε να κάνει ματάκι και του φόρεσαν ζουρλομανδύα, οι περισσότεροι φιλόνομοι πολίτες όμως, ιδιαίτερα οι εφαψίες, διασκέδασαν με την ψυχή τους.

Κατά τις έξι, ξεθεωμένοι και εξαντλητικά ψυχαγωγημένοι, περίμεναν οι παίχτες ν' ακούσουν το σφύριγμα της λήξης, όταν τα μεγάφωνα ανακοίνωσαν ότι απαγορεύεται να βγάλουν τα μαντίλια, επειδή κατόπιν επισταμένων μελετών οι ειδικοί των επιχορηγούμε-

99

νων ερευνητικών κέντρων είχαν διαπιστώσει ότι οι κερατοειδείς χιτώνες των κατοίκων είχαν καταπονηθεί από τα έντονα φώτα των απατηλών διαφημίσεων και τα δυσανάγνωστα στοιχεία των κακοτυπωμένων προκηρύξεων. Μια περίοδος εθελοτυφλίας ήταν απαραίτητη για ν' αποτραπεί το ενδεχόμενο ανεπανόρθωτης βλάβης στην όρασή τους.

Διακεκριμένος οφθαλμίατρος, που επιβεβαίωσε τη μαζική αυτή διάγνωση με στατιστικά στοιχεία και παραπομπές στη βιβλιογραφία της Μεγάλης Άρκτου, διορίστηκε αυθημερόν Υπουργός Οφθαλμαπατών. Υποδεέστεροι οφθαλμίατροι, όπως ο Μενέλαος για παράδειγμα, που διατύπωσαν ορισμένες αντιρρήσεις, γλίστρησαν στη σκάλα του φρενοκομείου, υπέστησαν πολλαπλά κατάγματα και το Πρώτων Βοηθειών, που τους διαμετακόμιζε στο παρθεναγωγείο για να επιλέξουν νοσοκόμα, έπεσε στον γκρεμό επειδή ο σοφέρ δεν είχε συνηθίσει να οδηγεί με διπλό μαντίλι στα μάτια...

Έγινε βέβαια κάποιο σούσουρο, ακούστηκαν κάτι ριπές, κάτι άριες, κάτι υστερικές κραυγές, κάτι «οχ!» και «μη!» και «άντε από κει!» και «έλα, Χριστέ μου!», αλλά όλες τούτες οι παραφωνίες πνίγηκαν στα τροπάρια, τις ψαλ-

100

μωδίες και τα συναρπαστικά θούρια που ξεχύνονταν από τα μεγάφωνα.

Σιγά σιγά οι υπήκοοι εξοικειώθηκαν με τη νέα τους κατάσταση. Μερικοί μάλιστα προτιμούσαν χίλιες φορές να βλέπουν τηλεόραση ή να επιδίδονται σε ερωτικές περιπτύξεις φορώντας τα μαντίλια. Άλλοι, πάλι, διανοούμενοι αυτοί, υποστήριξαν ότι επετεύχθη επιτέλους η επιθυμητή ισότης μεταξύ αομμάτων και οξυδερκών, ένα δίκαιο μέτρο κοινωνικής προνοίας, και ένας θρησκευτικός ηγέτης κήρυξε από του άμβωνος ότι η παρούσα κατάσταση προσφέρει στους πιστούς αλλά και στους αναξιόπιστους μια σπάνια ευκαιρία για ενδοσκόπηση, άσε που πλήττει θανάσιμα τους οφθαλμοπόρνους.

Μερικοί, αθεράπευτα αισιόδοξοι αυτοί, περίμεναν με συγκινητική όντως υπομονή να ξημερώσει η ευλογημένη μέρα που θα μπορούσαν να βγάλουν επιτέλους τα μαντίλια και με ξεκούραστα μάτια ν' ατενίζουνε το μέλλον.

Οι ελπίδες τους διαψεύστηκαν με το χειρότερο τρόπο, όταν το Υπουργείο Οφθαλμαπατών ανακοίνωσε ότι η κατάσταση μονιμοποιείται, επειδή βάρβαρες ορδές τεράτων είχαν ενσκήψει από τη Μεγάλη Άρκτο. Τα ευδιάκριτα αυτά τέρατα κυκλοφορούσαν ασύδοτα

101

στις αρτηρίες της πολιτείας. Αν τα έβλεπαν
οι κάτοικοι, κινδύνευαν να τυφλωθούν από τις
ακτίνες που τίναζαν τα ματωμένα τους ρου-
θούνια.

Η επόμενη ανακοίνωση ήταν ακόμα πιο κα-
θησυχαστική: από δω και πέρα, για καλό και
για κακό, μετά την αποκοπή του ομφάλιου
λώρου, ο Δημόσιος Ταξιθέτης θα φορούσε σε
κάθε νεογνό ένα μαύρο βελούδινο μαντίλι, δω-
ρεάν προσφορά του κράτους. Αυτό επιβάρυνε
βέβαια τον προϋπολογισμό, αλλά υπήρχαν
βάσιμες ελπίδες ότι, σύμφωνα με τους ανα-
θεωρημένους νόμους της κληρονομικότητας,
μετά από μερικές γενεές τα μωρά θ' άρχιζαν
να γεννιούνται με μεμβράνη στα μάτια, απαλ-
λάσσοντας το Δημόσιο από περιττές δαπάνες.

Αυτή τη φορά σχεδόν κανείς δεν αμφισβή-
τησε την αλήθεια των λεγομένων. Όσο για
τους ελάχιστους δύσπιστους που διατύπωσαν
αντιρρήσεις και υπέβαλαν ερωτήσεις, επειδή
θυμήθηκαν το μακαρίτη το Μενέλαο, που τους
τα 'λεγε αλλά δεν τον άκουγαν, κανείς δεν
είδε τι απόγιναν — πώς να δει άλλωστε;...

Η οικονομία της χώρας όχι μόνο προσαρμό-
στηκε αλλά και ωφελήθηκε από την ιδιόρρυθ-
μη αυτή κατάσταση — ιδιαίτερα ο τουρισμός.
Πλήθη αλλοδαπών συνέρεαν στη χώρα και

χάζευαν, φωτογράφιζαν, έβγαζαν τη γλώσσα και θαύμαζαν τους κατοίκους, που είχαν μάθει να εργάζονται, να παίζουν ποδόσφαιρο, να παζαρεύουν, να ελίσσονται και να ερωτοτροπούν με μαντίλια τυφλόμυγας στα μάτια. Μερικοί μάλιστα είχαν την ευκαιρία να δουν και τα έρποντα τέρατα που κυκλοφορούσαν στους δρόμους και επόπτευαν τους μαντιλοφόρους.

ΟΙ ΚΕΡΑΣΙΕΣ ΤΗΣ ΝΥΧΤΑΣ

1. Οι κερασιές

— Γιατί 'ναι μαύρα τα μάτια σου;

— Από τις νύχτες που ξαγρυπνούσα.

— Γιατί 'ναι υγρά τα μαλλιά σου;

— Από τη θάλασσα που σου δόθηκα.

— Και τα χείλη σου τόσο κόκκινα... Γιατί;

— Απ' τα κεράσια.

— Μίλα μου για τα κεράσια!

— Δε μας έβλεπε κανείς, ούτε κανείς μάς είχε δει κρυφά το φράχτη να πηδάμε. Τρώγαμε λαίμαργα, γελώντας τρώγαμε τα ζουμερά κεράσια, κρέμασα στ' αυτιά σου άλικες στάλες λαμπερές και στο νοτισμένο σκύβοντας λαιμό...

— Ήταν η θάλασσα τόσο κοντά...

— Σειρήνα μάς καλούσε.

— Ανάμεσα απ' τα κλωνιά των κερασιών μετρήσαμε τ' αστέρια.

— Ώσπου βρεθήκαμε για μια στιγμή στην αφρισμένη αγκαλιά της.

— Αύριο στις έντεκα πάλι εδώ.

— Πάλι εδώ.

— Αντίο!

2. Ο θησαυρός

Πλάι στην πισίνα, η Μιλένα, με λυτά μαλλιά, κλέβει χρυσόσκονη από τον ήλιο. Η πεταλούδα που 'στειλα άγγιξε τη γαλάζια ρακέτα, άγγιγμα φευγαλέο.

— Παίζουμε πιγκ πογκ;

— Είμαι κουρασμένη.

— Σου είπε το μυστικό του ο αστακός;

— Μου 'πε τη συνταγή του.

— Ποιος είμαι; Ξέρεις;

— Ο καθηγητής της ωδικής;

— Ο αρλεκίνος!

— Δεν είμαστε καλά!

— Δωμάτιο δεκαεφτά!

— Περάστε!

Μπαίνουμε δειλά. Το γνώριμο άρωμα, το πιάνο της πρώτης μελωδίας και μια άσπρη γάτα Αγκύρας να κρυφοκοιτά πίσω από ένα ραγισμένο ανθογυάλι γεμάτο γιασεμιά.

— Ψάχνετε μήπως για το θησαυρό;

— Των ασημένιων μενταγιόν το θησαυρό!

— Άδικα ψάχνετε, τον έχουν πάρει. Τρεις κουρσάροι μ' ένα καράβι χωρίς πανιά· μεθούν μ' ένα βαρέλι ρούμι, έχουν μαύρους γλάρους συντροφιά.

Το αμάξι χιμάει στην άσφαλτο. Χρυσές α-νταύγειες τα μαλλιά σου. Τα φρένα στρι-γκλίζουν· τα μάτια δακρύζουν. Απότομες στρο-φές· γρανίτινοι βράχοι· φευγαλέες θάλασσες. Λευκές σκιές μάς κυνηγούν και μαύρα κυπα-ρίσσια!

3. Η λαίδη των λουλουδιών

Πελώριοι καθρέφτες μάς αντίκρισαν ν' ανε-βαίνουμε τις μαρμάρινες σκάλες.

Μια χούφτα μοβ μάρκες.

Και στον εξώστη, πλάι στις ρουλέτες, οι σεφ όπως πάντα σοβαροί.

— Faites vos jeux, Messieurs! φώναξε ο κρου-πιέ με τη βραχνή φωνή.

— Douze Premiers!

— Douze Derniers!

— Μα τι τρέχει;

— Χάθηκε η μπίλια.

— Συμφορά!

Οι κρουπιέ πηδούν στον κήπο. Ψάχνουν αναστατωμένοι στα γιασεμιά.

— Έλα κοντά, ψιθυρίζει το κορίτσι με την κορδέλα του ουράνιου τόξου στα μαλλιά. Πιο κοντά. Φέρε μου διαβολεμένη τύχη!

Φορά ζώνη με πράσινα πετράδια και γελά.

Δυο πιλότοι στη γωνιά χρονομετρούν τα πεφταστέρια, ενώ πιο κει ο αρλεκίνος σπρώχνει μια φούχτα μάρκες στο έντεκα και περιμένει.

— Κόκκινο-μαύρο.

Ματωμένη παπαρούνα. Ένας ρόμβος την κλείνει σκοτεινός. Στις έντεκα του είχε πει, στις έντεκα κερασιές να την προσμένει. Μα δεν ήρθε. Κι απόρησαν οι κερασιές· τα χελιδόνια στο μπαλκόνι, τα περιστέρια στις σκεπές.

Η μπίλια βρέθηκε κάτω απ' τη βεντάλια της λουλουδένιας λαίδης. Μα δεν την ξαναείδαν πουθενά. Δεν ήταν πεταλούδα. Ούτε κερασιά.

— La boule passe! Termine, merci!

— Rien ne va plus! Rien ne va plus!

Μαρμάρινοι Έρωτες, Κένταυροι τανύζουν τόξα στον άστερο ουρανό. Το κυπαρίσσι τρυπά

107

τη νυχτιά, αγγίζει ένα λευκό φεγγάρι.

— Vingt, rouge pair et passe!

— Annonce payée!

— Merci, Monsieur! Pour les employés!

4. Το έντεκα

— Είμαι κυνηγός! δήλωσε ο πλαδαρός κύριος με το πούρο.

— Trois mille pour mille!

— Κυνηγάω γαλάζιες τίγρεις!

— Με γαλάζιες ρακέτες μήπως; ρώτησε εκείνη γελαστά.

— Quarante pour vingt!

— Θα σου στολίσω με μαύρους σπόρους καρπουζιού το στήθος.

— Και λίγη κρέμα σαντιγί στις ρώγες!

— Deux mille à rouge!

— Ώστε υπάρχουνε γαλάζιες τίγρεις;

— Άμα μυριστούν ότι τις ψάχνεις...

— Και το πορτμπαγκάζ;

— Γεμάτο καναρίνια!

— Deux mille au manque!

Κάποιος κλαίει. Ο αρλεκίνος σπρώχνει στο έντεκα τις μάρκες που του απομένουν, στο έντεκα πάλι, μ' ένα λυγμό.

— Faites vos jeux, Messieurs!

Λιμνούλα με χρυσόψαρα η ρουλέτα. Οι κρουπιέ παραπατούνε μεθυσμένοι. Το αμάξι χιμάει ακυβέρνητο στις θημωνιές. Και κάπου μακριά, σ' έναν κήπο με μιμόζες, ο καθηγητής της ωδικής, με φούξια φουλάρι και ζαφιρένια μάτια, αρχινά το μάθημά του...

— Dix-neuf plein garni!

Στις έντεκα του είχε πει. Στο έντεκα τα έπαιξε όλα.

— Quatre-vingts pour quarante!

— Cent pour cinquante!

Πλήθος αλλόκοτο κυκλώνει τις ρουλέτες. Καθηγητές της ωδικής, πιλότοι, μαζορέτες... Κι ενώ η μπίλια γυρνά, ενώ τ' αστέρια γίνονται βροχή και οι μάρκες, μύρια χρώματα, στροβιλίζονται μπρος στα θολά του μάτια, ο πυροβολισμός, ξερός, ξαφνιάζει τους μαρμάρινους Έρωτες. Μια άλικη κηλίδα ανθίζει στο λιβάδι των ελπίδων, ποτίζει το έντεκα και τα σεβάλ του.

Και οι κουρσάροι σκίζουν τα πέλαγα, με το χαμένο μενταγιόν στο αμπάρι.

— Quatorze plein carré sizaine!

— Βοήθεια!

— Rien ne va plus, Milène.

Ούτε τώρα ήρθε το έντεκα.

Ποτέ πια.
Πήγαμε για κακάο στο «Μαύρο Γάτο».

5. Το χρώμα της νύχτας

— Γιατί δεν ακούω τη φωνή σου;
— Ο άνεμος φταίει. Είμαι δική του τώρα...
— Γιατί 'ναι κρύα τα χέρια σου;
— Επειδή είναι καυτά τα δικά σου.
— Γιατί 'ναι μαύρα τα μάτια σου;
— Από τις νύχτες που με περίμενες...
— Γιατί 'ναι υγρά τα μαλλιά σου;
— Από τη θάλασσα που του δόθηκα.
— Και τα χείλη σου τόσο κόκκινα... Γιατί;
— Απ' τα κεράσια.
— Μίλα μου για τα κεράσια!

ΑΝΘΡΩΠΟΘΥΣΙΑ

Ο ΑΪ-ΒΑΣΙΛΗΣ κρατούσε μια δέσμη κόκκινα μπαλόνια. Παχουλός, ροδομάγουλος, ήταν από τους πρώτους περαστικούς που είδαν την Ελένη όρθια, εκεί, στη μαρκίζα του έβδομου ορόφου, στην πρόσοψη των γραφείων της διαφημιστικής εταιρείας «ΕΚΣΤΑΣΗ ΚΑΙ ΣΙΑ».

Παρ' όλο που βιαζόταν να ξεπουλήσει και να σπεύσει στο ραντεβού με τον εκτελωνιστή στην τουαλέτα του ζαχαροπλαστείου, κοντοστάθηκε.

***

Στο οκτάγωνο δωμάτιο, στο επιτελείο της Υ.Ε.Α.Α., το αυτόματο ρολόι στον τοίχο, πλάι στον πίνακα με το χρονοδιάγραμμα, έδειχνε έξι παρά τέταρτο...

Ο αξιωματικός υπηρεσίας, ξυρισμένος, κα-

111

λοχτενισμένος, βημάτιζε ανυπόμονα, έπαιζε νευρικά με τα κλειδιά του. Στο μεταλλικό γραφείο αποκόμματα εφημερίδων ταχτοποιημένα με σχολαστικότητα, δυο τηλέφωνα, ένα τασάκι. Όπου να 'ναι, κάποιος περαστικός θα τηλεφωνούσε στην Άμεσο Δράση και εκείνοι με τη σειρά τους θα τον ειδοποιούσαν για την επικείμενη αυτοκτονία.

Τα είχε οργανώσει όλα στην εντέλεια· όπως πάντα. Είχε επιλέξει μια πολυσύχναστη διασταύρωση στο κέντρο της μητρόπολης· είχε συντάξει το περιεχόμενο της τελευταίας επιστολής. Η ιδέα για το παράθυρο της διαφημιστικής εταιρείας ήταν κι αυτή δική του...

***

Ηλιοκαμένη, με λυτά μαλλιά, ζυγιάζεται στην άκρη της εξέδρας. Ηλιαχτίδες παιχνιδίζουν στα νερά. Γέλια παιδιών. Λυγίζει τα γόνατα· κρατάει την ανάσα· πηδάει...

Η αίσθηση του κενού· κάλεσμα· ξάφνιασμα· το δροσερό νερό. Βυθίζεται... ακόμα, κι άλλο... πιο βαθιά... ήλιοι παραμιλούν στη γύμνια της... Έντονη ανάμνηση... δυνατή. Αν πέφτοντας κατάφερνε να τη διατηρήσει ζωντανή, ίσως... —ποιος ξέρει;— ίσως να μην

112

ένιωθε το μαύρο πλοκάμι να τη συντρίβει στο βυθό της πόλης...

***

Ο αξιωματικός υπηρεσίας πήρε το τσιγάρο απ' το τασάκι. Τράβηξε δυο ρουφηξιές, το έσβησε τσακίζοντάς το. Η ώρα περνούσε. Καθυστερούσε. Γιατί;

Κάθισε στο μεταλλικό γραφείο, έβγαλε από το πρώτο συρτάρι το φάκελό της, τον ξεφύλλισε.

Είχε απαντήσει σε μια από τις προσεχτικά διατυπωμένες μικρές αγγελίες της Υπηρεσίας στον ημερήσιο τύπο: «Ζητείται νεανίς ευπαρουσίαστη, στους πρώτους μήνες της εγκυμοσύνης, η οποία να πάσχει κατά προτίμηση από ανίατη ασθένεια». Της είχαν προσφέρει τρίμηνες διακοπές σε παραθαλάσσιο ξενοδοχείο, χώρια από την κατάθεση ενός σεβαστού ποσού στην τράπεζα για τυχόν κληρονόμους ή τη φιλανθρωπική οργάνωση της προτιμήσεώς της.

Παραμονή Πρωτοχρονιάς είχε θεωρηθεί η καταλληλότερη ημερομηνία. Η ακριβής ώρα είχε επιλεγεί με φροντίδα, ώστε να προλάβουν οι τεχνικοί το βραδινό δελτίο ειδήσεων.

113

Οι ενδυματολόγοι του καλλιτεχνικού τμήματος ήξεραν τα γούστα του κοινού: είχαν επιλέξει λευκό φόρεμα, κόκκινη ζακέτα, διακριτικό μακιγιάζ για τα ζουμ· είχαν λάβει υπόψη την απόσταση, τις καιρικές, τις φωτιστικές συνθήκες. Τίποτα δεν είχε αφεθεί στην τύχη.

***

Ένας κοκκινομάλλης με φακίδες, γκρίζα καπαρντίνα και φωτογραφική μηχανή περασμένη στον ώμο βάδιζε βιαστικός, με κεφάλι σκυφτό, όταν σκόνταψε στον Αϊ-Βασίλη, που απορροφημένος από το θέαμα στεκόταν ακίνητος στο πεζοδρόμιο. Τον αγριοκοίταξε ενοχλημένος. Πήγε κάτι να πει, αλλά ο Αϊ-Βασίλης τού χαμογέλασε, έβγαλε το δεξί γάντι και του έδειξε την Ελένη. Ο νεαρός πρόσεξε ότι τα νύχια του Αϊ-Βασίλη ήταν περασμένα με λιλά βερνίκι...

***

Μελανά σύννεφα κλωθογύριζαν πάνω από την πόλη· το πήγαινε για βροχή. Ένα περιστέρι στην αντικρινή στέγη έγειρε στο πλάι το κεφάλι, ανοιγόκλεισε το μάτι. Λες κι έδωσε το σύνθημα, άναψαν μεμιάς οι φωτεινές ε-

114

πιγραφές, ίδια πυροτεχνήματα αντίκρυ της,
ολόγυρά της, την ξάφνιασαν, την τύλιξαν σε
γαλάζιες, πορφυρές, χρυσές αναλαμπές και
λάμψεις. Τεράστια εκτυφλωτικά ψηφία ανα-
βοσβήνουν πανηγυρικά, φωτεινές φυσαλίδες,
πολύχρωμοι τροχοί, χείμαρροι από αστραπές
και...

Το κατακόκκινο βαγόνι του λούνα παρκ ανε-
βαίνει στα ύψη, ύστερα χιμάει φουλαριστό
στην κατηφόρα με κοσμική ταχύτητα σαν βο-
λίδα, σου κόβει την ανάσα, τα δάχτυλά της
σφίγγουν το λείο μέταλλο, νιώθει ένα κενό
στο στομάχι, τον εαυτό της μετέωρο, οι
στριγκλιές των πιτσιρικάδων διαπεραστικές
στ' αυτιά της...

***

Στο πεζοδρόμιο το κοινό της πλήθαινε. Κα-
μιά εικοσαριά αργόσχολοι και περίεργοι είχαν
μαζευτεί γύρω απ' τον Αϊ-Βασίλη και τον
κοκκινομάλλη. Ανάμεσά τους ένας οικοδόμος
που στα νιάτα του είχε δουλέψει στα θεμέλια
της οικοδομής, τρεις κομμώτριες από το γει-
τονικό κομμωτήριο, ένας μικρός του ασανσέρ,
μια ομάδα ποδοσφαιριστών που πήγαιναν στον
πρωτοχρονιάτικο χορό του συλλόγου. Ένας

115

μεσόκοπος βιοπαλαιστής με τριμμένο σακάκι έκανε χρυσές δουλειές πουλώντας σταφιδόψωμα.

Ο Αϊ-Βασίλης τριβόταν προκλητικά πάνω στον ερασιτέχνη φωτογράφο, που μετρούσε το φωτισμό με το φωτόμετρο, για να πάρει μια θεαματική φωτογραφία της πτώσης· σκόπευε να τη στείλει στο διαγωνισμό ενός περιοδικού ποικίλης ύλης. Ποιος ξέρει, ίσως κέρδιζε το ελικόπτερο... Το άγγιγμα του Αϊ-Βασίλη τον άναψε. Στράφηκε, τον λοξοκοίταξε σουφρώνοντας τη μύτη· εκείνος του έκλεισε το μάτι.

***

Ο αξιωματικός υπηρεσίας σήκωσε το ακουστικό. Επιτέλους, το τηλεφώνημα που περίμενε! Ειδοποίησε τα μέσα μαζικής ενημέρωσης. Αν δεν πήγαινε κάτι στραβά την τελευταία στιγμή, την είχε σίγουρη την προαγωγή στο Τμήμα Τυφώνων.

Κοίταξε πάλι τη φωτογραφία της Ελένης· την είχε βγάλει από το φάκελο, την είχε ακουμπήσει πάνω σε μια στοίβα αποκόμματα.

Όταν την πρωτόδε στο ίδιο αυτό γραφείο εδώ και λίγους μήνες, του είχε κάνει εντύπωση η ηρεμία, η αποφασιστικότητά της, ο τρόπος

116

που τον κοιτούσε: δειλά αλλά και προκλητικά μαζί. Προσπάθησε να μαντέψει τα κίνητρά της, δεν ήταν όμως εύκολο. Είχε βαρεθεί —αυτό ήταν ολοφάνερο—, αλλά ένα σωρό κοπέλες της ηλικίας της, εξίσου κουρασμένες, θα είχαν διστάσει να δεχτούν μια τέτοια πρόταση· θα προτιμούσαν τη συνηθισμένη διαδικασία στο τμήμα αναισθησιολογίας ή τις ενέσεις ευφορίας στην πολυκλινική.

Δεν είχε αργήσει να καταλάβει ότι του έλεγε ψέματα για την κύστη στον εγκέφαλο, ίσως και για την εγκυμοσύνη. Πώς αλλιώς να εξηγήσει ότι είχε αρνηθεί την ιατρική εξέταση; Υποπτεύθηκε ότι έτσι κι αλλιώς σχεδίαζε να ξεμπερδεύει και επωφελήθηκε από την ευκαιρία. Ίσως, πάλι, να την είχε τραβήξει η ιδέα της παράστασης — άνεργη ηθοποιός, βλέπεις. Αν δεν το απαγόρευαν οι κανονισμοί, θα την είχε επισκεφθεί στο παραλιακό ξενοδοχείο κάτω από το ηφαίστειο, για να γνωριστούν καλύτερα.

***

Το πλήθος είχε πλημμυρίσει το πεζοδρόμιο, είχε ξεχειλίσει στο οδόστρωμα, συνωστιζόταν, εμπόδιζε την κυκλοφορία. Εκνευρισμένοι

117

σοφέρ, περίεργοι επιβάτες είχαν κατέβει από τα ταχυφόρα, αυτοκίνητα κορνάριζαν, οι τροχονόμοι σφύριζαν, οι αστυνομικοί άνοιγαν με δυσκολία δρόμο για τα συνεργεία της τηλεόρασης.

Ένας ποδοσφαιριστής προσπαθούσε να πείσει τις κομμώτριες να τον συνοδεύσουν στο χορό του συλλόγου.

— Άσε, καλέ, να πηδήξει πρώτα και μετά βλέπουμε! είπε μια ξανθούλα μικροκαμωμένη χαχανίζοντας ερεθισμένη.

Ο Αϊ-Βασίλης κρατούσε από τον ώμο τον κοκκινομάλλη φωτογράφο, του ψιθύριζε στ' αυτί ότι κάτω από τη ρόμπα φορούσε διχτυωτές κάλτσες, εσώρουχα στο χρώμα της φωτιάς, ότι στο ξενοδοχείο θα τον άφηνε να τον τραβήξει ακατάλληλες φωτογραφίες όσες ήθελε.

***

Είχε κλείσει τα μάτια· ν' αποφύγει τις φωτεινές ανταύγειες που ασελγούσαν, την έγδυναν με την πανηγυρική τους λάμψη, γλιστρούσαν στ' απόκρυφα του σώματός της, τρεμουλιαστές πεταλούδες, χρυσαλλίδες, φίδια πολύχρωμα, σιντριβάνια, φυσαλίδες. Κορνα-

118

ρίσματα, βλαστήμιες, εξατμίσεις έφταναν α-
μυδρά στ' αυτιά της... Ξανάφερε στο νου της
το βαγόνι του λούνα παρκ, την πισίνα πρασι-
νογάλαζη.

«Τώρα!» σκέφτηκε «τώρα!».

Άφησε την κορνίζα του παράθυρου, που την
κρατούσε σφιχτά με το αριστερό απλωμένο
χέρι· έγειρε στο κενό...

Εκείνη όμως τη στιγμή κάτι συνέβη. Κάτι
αναπάντεχο. Κάτω, στο δρόμο, ο κοκκινομάλ-
λης έχωσε το χέρι στη φαρδιά τσέπη του Αϊ-
Βασίλη, ψαχούλεψε τολμηρά, τον έσφιξε. Ο
Αϊ-Βασίλης βόγκηξε. Τα μπαλόνια ξέφυγαν
από το χέρι του, σκόρπισαν, υψώθηκαν ελεύθε-
ρα πάνω από το πλήθος.

Τα είδε ν' ανεβαίνουν η Ελένη, τα είδε ν'
ακολουθούν ανάστροφα την πορεία που εκείνη
θ' ακολουθούσε. Σαστισμένη έκανε πίσω. Τα
μπαλόνια έφτασαν στο ύψος της, άπλωσε άθε-
λα το χέρι, έπιασε ένα από το σπάγκο. Έμει-
νε να το κοιτάει συλλογισμένη· το ακούμπησε
στο μάγουλό της.

Τότε ήταν που έπιασε να βρέχει...

***

119

— Δε σ' ακούω καλά... Μίλα πιο καθαρά!...

— Καθυστερεί!

— Γιατί; ρώτησε ο αξιωματικός υπηρεσίας.

— Μακάρι να 'ξερα! ακούστηκε από το φορητό ραδιοτηλέφωνο σπασμένη η φωνή. Το πλήθος δυσανασχετεί... διαμαρτύρεται...

— Κι εκείνη;

— Αναπόφάσιστη. Κρατάει ένα μπαλόνι.

— Τι κρατάει;

— Μπαλόνι. Κόκκινο...

— Μπαλόνι; Τι σκατά μου λες; Πού διάβολο βρέθηκε εκεί πάνω το μπαλόνι;

— Θα το ερευνήσω και θ' αναφέρω...

Τέτοια εξέλιξη δεν την περίμενε. Τα μάτια του σκοτείνιασαν.

— Θα επιληφθώ αυτοπροσώπως! Περιμένετε! Σε πέντε λεπτά θα βρίσκομαι επί τόπου.

Φόρεσε στα σβέλτα το παλτό και το καπέλο του, βγήκε απ' το γραφείο, πέρασε ένα λαβύρινθο διαδρόμων φωτισμένων με λάμπες φθορίου, άρχισε να κατεβαίνει βιαστικά τις μαρμάρινες σκάλες της Υ.Ε.Α.Α.

***

Η ίδρυση της Υπηρεσίας Εγκλημάτων, Αυτοκτονιών και Ατυχημάτων είχε αποφασιστεί όταν η παραδειγματική τάξη και ασφάλεια που είχε επιβάλει το ισχυρό καθεστώς την τελευταία δεκαετία είχε οδηγήσει σε μια νέα περίοδο ευημερίας, αλλά και ανησυχητικής έλλειψης εγκλημάτων, αυτοκτονιών, ατυχημάτων και τρομοκρατικών εκδηλώσεων στην επικράτεια.

Τα μέσα μαζικής ενημέρωσης είχαν αναγκαστεί να καταφεύγουν σε εξαντλητικές περιγραφές αποκαλυπτηρίων ανδριάντων και αναμεταδόσεις από εγκαίνια ανθοκομικών εκθέσεων. Συνέπεια: κάθετη πτώση των εσόδων. Οι βιασμοί στην τηλεόραση, οι τεμαχισμοί πτωμάτων σε ταινίες τρόμου και οι εμπρησμοί παρθεναγωγείων σε βιντεοκασέτες δεν ικανοποιούσαν το κοινό, που νοσταλγούσε ρεαλιστικά ρεπορτάζ γνήσιας βίας, ανατινάξεις, ακρωτηριασμούς, διαμελισμούς, στραγγαλισμούς, μαχαιρώματα και αιματηρά ατυχήματα.

Τα συγκροτήματα τύπου διαμαρτυρήθηκαν διακριτικά στην κυβέρνηση. Μια επιτροπή ειδικών που μελέτησε διεξοδικά το θέμα κατέληξε στο συμπέρασμα ότι η δυσαρέσκεια του κοινού δε θ' αργούσε να ξεσπάσει σε οργανω-

121

μένες διαμαρτυρίες, που ίσως οδηγούσαν σε έκτροπα, ίσως στην ανατροπή του καθεστώτος.

Θορυβημένο το υπουργικό συμβούλιο, αποφάσισε τη συγχώνευση ορισμένων τμημάτων των Υπουργείων Πολιτισμού και Δημοσίας Τάξεως και την ίδρυση της Υ.Ε.Α.Α. Η υπηρεσία ήταν μυστική, επειδή το κοινό δεν έπρεπε να υποπτεύεται ότι τα συγκλονιστικά θέματα που άρχισαν να γεμίζουν πάλι τα πρωτοσέλιδα των εφημερίδων και τις οθόνες της τηλεόρασης ήταν επιμελώς σκηνοθετημένα.

Με την πάροδο των ετών, όπως άλλωστε το είχαν προβλέψει οι ειδικοί, η ευαισθησία του κοινού είχε αμβλυνθεί· απαιτούσε όλο και εντυπωσιακότερα θέματα, εντονότερες συγκινήσεις. Η ποικιλία ήταν επίσης κάτι στο οποίο έδινε ιδιαίτερη σημασία η υπηρεσία: αεροπορικά δυστυχήματα έπρεπε να εναλλάσσονται με ληστείες· ανατινάξεις παιδικών σταθμών με στυγερά εγκλήματα και ακρωτηριασμούς από καρχαρίες. Η αγορά και μεταφορά καρχαριών σε πολυσύχναστες παραλίες, όπως άλλωστε τα σαμποτάζ επιβατικών αεροπλάνων και οι δολιοφθορές πυρηνικών μονάδων, απαιτούσαν άψογη οργάνωση και σεβαστές δαπάνες, αλλά η γραμμή του Υπουργείου Δημο-

σίας Τάξεως και Θεαμάτων ήταν σαφέστατη:
ικανοποίηση των προτιμήσεων του κοινού και
αποφυγή προσπάθειας επιβολής αισθητικών
κριτηρίων εκ των άνω.

***

Όταν έφτασε στη διασταύρωση, η άσφαλ-
τος γλιστρούσε από το ψιλοβρόχι. Οι ψίθυροι
διαμαρτυρίας είχαν γίνει βλαστήμιες, άγριες
κραυγές. Ένας αγουροξυπνημένος θυρωρός με
τιράντες και ξεπλυμένα μάτια άνοιξε την πο-
λυτελέστατη είσοδο των γραφείων μουρμου-
ρίζοντας ενοχλημένος.

Ο αξιωματικός κάλεσε το ασανσέρ και πίεσε
το κουμπί του τελευταίου ορόφου. Μπαίνοντας
στην αίθουσα με τους υπολογιστές ξεχώρισε
με την πρώτη ματιά τη λευκή σιλουέτα να
διαγράφεται στο μεσαίο παράθυρο. Δεν άναψε
το φως· πλησίασε μόνο, στάθηκε πίσω της. Η
Ελένη δε φάνηκε να έχει αντιληφθεί την πα-
ρουσία του.

— Αμφιβάλλεις; ρώτησε χαμηλόφωνα.

Δε μίλησε εκείνη.

— Άλλαξες γνώμη;

Πάλι σιωπή. Δεν κινήθηκε, δε στράφηκε να
τον κοιτάξει.

— Καταλαβαίνω... δεν είναι εύκολο, άρχισε. Κι εγώ στη θέση σου...

Σταμάτησε· δεν ήξερε πώς να συνεχίσει. Έμεινε να κοιτάει την καμπύλη των ποδιών της, ένιωσε το άρωμά της. Του ήρθε να την αρπάξει από πίσω, να την τραβήξει στο δωμάτιο, να τη ρίξει ανάσκελα στον καναπέ με το γκρίζο πλαστικό κάλυμμα, ν' αναζητήσει στο σκοτάδι τα χείλη της. Συγκρατήθηκε· ήξερε τη διαδικασία, τι όριζαν οι κανονισμοί για τέτοιες περιπτώσεις. Κοίταξε τριγύρω ερευνητικά· τα μάτια του έπεσαν σ' ένα τηλέφωνο στην άλλη άκρη της αίθουσας.

Έτρεμε ελαφρά το χέρι του όταν σήκωσε το ακουστικό, πήρε τον αριθμό, που τον είχε αποστηθίσει. Το τηλέφωνο χτυπούσε κάμποση ώρα. Όταν άκουσε την ενοχλημένη φωνή του διοικητή —ετοιμαζόταν για το βραδινό ρεβεγιόν κι είχε βγει με το μπουρνούζι από το μπάνιο—, του εξήγησε όσο πιο σύντομα μπορούσε την κατάσταση.

— Εννοείς ότι αρνείται να εκτελέσει τη συμφωνία; ρώτησε ο διοικητής.

— Κάτι τέτοιο.

— Οι δρόμοι;

— Έχουν μπλοκαριστεί.

— Η κυκλοφορία;

124

— Παρακωλύεται.
— Το κοινό;
— Διαμαρτύρεται.
— Κρίνεις ότι επίκειται διαταραχή της δημόσιας τάξης;
— Δεν το αποκλείω!
— Κάνε τότε το καθήκον σου, έφτασε άχρωμη, στεγνή η φωνή του διοικητή.

***

Το φόρεμά της έμοιαζε ματωμένο, όπως το πυρπολούσαν οι φωτεινές ανταύγειες· τα μαλλιά της βρεγμένα· στο δεξί χέρι κρατούσε ακόμα το κόκκινο μπαλόνι. Από το δρόμο έφταναν πνιγμένοι απόηχοι, κορναρίσματα, εξατμίσεις, κραυγές...
Άκουσε πνιγμένο τον ήχο των βημάτων του στην απαλή μοκέτα...
— Έλα! άκουσε τη φωνή του.
Χαμογέλασε. Ένιωσε το άγγιγμα της παλάμης του, σχεδόν ερωτικό, στην πλάτη της. Δε χρειάστηκε παρά ένα ελαφρό, ανεπαίσθητο σπρώξιμο: το μπαλόνι ξέφυγε από τα δάχτυλά της· έχασε την ισορροπία της· έπεσε. Σαν ώριμο φρούτο, σαν μαριονέτα έπεσε στις γιορτινές ανταύγειες, στους απόηχους, στο πλήθος,

125

που στόμα αδηφάγο σχημάτισε έναν κύκλο στην άσφαλτο, τη δέχτηκε με κομμένη ανάσα από την έξαψη, έκλεισε πάλι γύρω της...

**

Ο αξιωματικός υπηρεσίας έβγαλε ένα μαντίλι από την τσέπη, σκούπισε το ιδρωμένο του μέτωπο. Πρόσεξε τότε το λευκό φάκελο, ακουμπισμένο σ' ένα φοριαμό: δεν ήταν ο φάκελος που της είχαν δώσει, με την επιστολή που είχε υπαγορεύσει ο αρμόδιος. Τον πήρε· έκανε να τον ανοίξει. Άλλαξε γνώμη. Κατανικώντας την περιέργειά του, άναψε ένα σπίρτο και τον έκαψε σ' έναν κάλαθο αχρήστων, προτού τηλεφωνήσει στο Τμήμα Αποκομιδής Αυτοχείρων.

Ύστερα πήγε στην τουαλέτα, άνοιξε τη βρύση, έριξε νερό στο πρόσωπο, έπλυνε τα χέρια του.

Προτού φύγει, έριξε μια τελευταία ματιά απ' το παράθυρο. Το πλήθος είχε διαλυθεί. Οι διαφημίσεις συνέχιζαν ν' αναβοσβήνουν. Εκεί, στην αντικρινή στέγη, ένα μπαλόνι είχε σκαλώσει στο θαυμαστικό μιας φωτεινής επιγραφής, ένα κόκκινο μπαλόνι...

Ο ΚΑΤΑΚΛΥΣΜΟΣ

7.6.222 (*012*)

Την ώρα που γευόμαστε λωτούς γύρω από
τα φιλντισένια σιντριβάνια, ένας άγνωστος με
ρουφηγμένα μάγουλα πρόβαλε από τα ανθι-
σμένα σύδεντρα. Άρχισε να περιφέρεται με
μάτια συννεφιασμένα ανάμεσά μας. Ο υποκει-
μενικός του χρόνος καθώς και η απροσδόκητη
εμφάνισή του μας απώθησαν, αλλά από ευγέ-
νεια του προσφέραμε έναν αφροδισιακό λωτό.
Αρνήθηκε και, αν κατάλαβα καλά —δεν είμαι
σίγουρη, γιατί εκείνη τη στιγμή είχα αλλού
το νου μου, με το ξανθόμαλλο κεφάλι του Αρ-
θούρου ανάμεσα στα πόδια μου—, υποστήριξε
ότι είμαστε όλοι μας αδιάντροποι, αμετανόη-
τοι αμαρτωλοί και ότι ο Προγραμματιστής
του Σύμπαντος θα μας τιμωρούσε παραδειγμα-
τικά για τις εξωλέστατες ερωτικές μας ιδιορ-

ρυθμίες. Τα μάτια του πετούσαν σπίθες, καθώς προφήτευε με φωνή που έτρεμε από οργή έναν καταστρεπτικό κατακλυσμό και τον ολοκληρωτικό αφανισμό μας.

Τα ρομπότ ελέγχου αναγκάστηκαν να τον συλλάβουν. Δεν αντιστάθηκε σχεδόν καθόλου.

7.6.223 (012)

Έμαθα σήμερα από τον Αρθούρο ότι τα ρομπότ προσπάθησαν ν' ανακρίνουν τον προφήτη με τη μέθοδο των παθητικών ιόντων. Αρνήθηκε ν' απαντήσει σε ερωτήσεις σχετικά με το ηλιακό του σύστημα, το ηλιακό του πλέγμα, τα υποατομικά του σωματίδια και το δείκτη γονιμότητάς του. Ειδικοί της ομάδας κοσμικών ερευνών τού κάνανε πλύση εγκεφάλου και τον κλείσανε σ' ένα θερμοκήπιο με ηλιοτρόπια, συντροφιά με δυο νυμφομανείς εθελόντριες από το Άλφα Κενταύρου.

Σαπφική συνουσία στις οχτώ στο σπίτι της κόρης του Κυβερνήτη. Λέω να φορέσω την έξωμη τουαλέτα μου, που είναι πλεγμένη από μαγνητοταινία με τους αναστεναγμούς του Αρθούρου.

128

7.6.225 (*012*)

Επισκέφθηκα τον αναισθησιολόγο μου, γιατί άρχισα να αισθάνομαι μια νοσηρή προτίμηση για την αποκλειστική συντροφιά του Αρθούρου. Μου έκανε μιὰ σειρά αναισθητικές ενέσεις. Νιώθω ήδη καλύτερα. Ο δείκτης συναισθηματικής μου ευαισθησίας έχει μειωθεί σημαντικά.

Α, ναι! Βγαίνοντας από τον αναισθησιολόγο, στον κήπο της Ταχυκλινικής γνώρισα τον Πλουτώνιο, από το Επίπεδο Θήτα, που έκανε τεχνητή αναπνοή σ' ένα θύμα αυτοερωτικής ασφυξίας. Τον κάλεσα για ένα ηδύποτο στο θερμοκήπιό μου. Ενώ με λάτρευε, τα μάτια του άλλαζαν χρώμα, άλλοτε ήταν μοβ, άλλοτε θαλασσιά. Ακόμα να φύγουν τα σημάδια.

7.6.226 (*012*)

Περίεργος καιρός απόψε. Από τους πέντε ήλιους του φωτοδοτικού συστήματος οι δύο είναι αισθητά χλωμότεροι και οι υπόλοιποι σκεπασμένοι από ημιδιάφανα σύννεφα. Δεν ξέρω για ποιο λόγο, αλλά αυτό μ' ερέθισε. Έβαλα το ερωμπότ να με μαστιγώσει με βέργες τριανταφυλλιάς, που έκοψα η ίδια από το θερμοκήπιο του Αρθούρου.

7.6.227 (013)

Ψιλοβρέχει. Μονότονη ενοχλητική ψιχάλα. Αισθάνομαι εκνευρισμένη. Κάπως ανήσυχη. Τα υπαίθρια όργια μεταφέρθηκαν στο κεντρικό θερμοκήπιο με τους φοίνικες. Ματαιώθηκε η αφροδισιακή συναυλία. Σαν να μην έφταναν όλ' αυτά, βραχυκυκλώθηκε ο αστρικός δονητής μου.

7.6.228 (013)

Τηλεφώνησε ο Αρθούρος. Πρότεινε μια νέα γωνία ανάκλασης και με κάλεσε στο μέγαρό του. Μου εξομολογήθηκε ότι από τότε που τον αποφεύγω δεν του κάνει κέφι να παίζει τυφλόμυγα με άλλες εθελόντριες και μου έδειξε τα παγάκια με το σπέρμα του στον ψυκτικό θάλαμο του τροφοδότη. Χαμογελώντας με σημασία, του ζήτησα να μου ετοιμάσει ένα αναψυκτικό και του έδωσα τη διεύθυνση του αναισθησιολόγου μου.

Έβρεχε όταν γύρισα στο θάλαμό μου για τη μεταμεσονύκτια πανδαισία.

7.6.229 (*013*)

Εξακολουθεί να βρέχει. Η Θερμοστατική Υπηρεσία μάς διαβεβαιώνει ότι πρόκειται περί περαστικής κακοκαιρίας. Θέλω παιδί. Τηλεφώνησα στο γονιμοποιό μου να μου στείλει δειγματολόγιο γονιδίων. Ο Βικέντιος με βοήθησε να επιδιορθώσω τον αστρικό δονητή μου.

7.6.231 (*014*)

Με ξύπνησαν βροντές απόψε. Το σύστημα θερμικού πλεονάσματος δε λειτουργεί, ούτε οι συμπυκνωτές ονείρων. Ο Επίτροπος Ανακλαστικών δήλωσε ότι εκείνος ο προφήτης δεν αποκλείεται να έχει κάποια, ανεξακρίβωτη προς το παρόν, σχέση με τις ανώμαλες καιρικές συνθήκες. Δυστυχώς είναι ημιαναίσθητος από την εξάντληση. Παραμιλάει. Αδύνατον να επικοινωνήσει με τα κύτταρα μνήμης των ανακριτών. Παρ' όλ' αυτά, ο Συντονιστής μάς διαβεβαιώνει ότι δεν υπάρχει ουδείς λόγος α-

131

νησυχίας και ότι σύντομα θα ληφθούν τα δέοντα μέτρα.

7.6.236 (015)

Πρωτοφανής κατακλυσμός. Βρέχει καταρρακτωδώς πέντε μέρες τώρα.
Ο πληθυσμός επιδίδεται σε θαλάσσια σπορ. Η τηλεόπλαση παρουσίασε την καινούρια μόδα: φαντεζί αδιάβροχα με ασορτί εσώρουχα, δίχρωμα σκάφανδρα, καπέλα με αλεξικέραυνα. Ο Πλουτώνιος με πήγε στο τέμενος των κοραλλιών με τη φασματική του λέμβο. Του δόθηκα δώδεκα φορές στη διάφανη καμπίνα και άλλες τόσες στη μονάδα προώθησης. Αυτό που με διασκέδασε ιδιαίτερα ήταν οι ηδονοβλεψίες· μας παρακολουθούσαν με τα μεγεθυντικά τους περισκόπια.

7.6.237 (015)

Η στάθμη του νερού ανέρχεται ακατάπαυστα. Τα ρομπότ σκουριάζουν, αλλά τα αντικαθιστούμε. Το κέντρο μάς ειδοποιεί ότι σε λίγο

132

τα μέγαρα θα καταποντιστούν, ωστόσο δεν υ-
πάρχει λόγος να ανησυχούμε.
Πέρασα τη μέρα με τον Αδήριτο. Έχουμε
αποκλειστεί. Πολύ που με νοιάζει! Ενώ έξω
βρέχει ασταμάτητα, εγώ και ο Αδήριτος παί-
ζουμε το δικό μας παιχνίδι της χρυσής βρο-
χής.

7.6.238 (*016*)

Περνούσα τη μέρα ξεφυλλίζοντας το δειγ-
ματολόγιο γονιδίων, όταν τα ρομπότ έριξαν
τις μαγνητικές ανεμόσκαλες πρωτονίων.
Σκαρφαλώσαμε προσωρινά στους ιπτάμενους
δίσκους με τους ανέσπερους θόλους.
Βρίσκομαι στον ίδιο δακτύλιο με τη Σιλι-
κόνη: μικρόσωμη, μελαχρινή, με έκφυλο στό-
μα. Υποσχέθηκε να με μάθει το παιχνίδι του
χρυσόψαρου. Το ευχαριστήθηκα, με τις φωτο-
βολίδες και τα φαντασμαγορικά πυροτεχνήμα-
τα των κεραυνών ολόγυρά μας.
Ο Συντονιστής υποσχέθηκε ότι, αν ο κατα-
κλυσμός συνεχιστεί, θα καλύψουμε τον οικισμό
μας με θερμικό θόλο από αδιάβροχο υλικό. Οι
τεχνικοί έχουν ήδη κατασκευάσει θερμοπυρη-
νικούς φωτοδότες, σπειροειδείς και κάπως μι-

κρότερους, αλλά πιο ζεστούς και οικονομικούς από τους συνηθισμένους.

7.6.240 (*016*)

Η βροχή σταμάτησε. Τα νερά αποτραβή-
χτηκαν. Όπου να 'ναι επιστρέφουμε στη βάση
μας.
    Ο κατακλυσμός απέτυχε...
    Βαριέμαι...

JOHN RUSSELL FEARN

ENDLESS
DAY

Complete and Unabridged

LINFORD
Leicester

First published in Great Britain

First Linford Edition
published 2010

British Library CIP Data

Fearn, John Russell, *1908 – 1960.*
   Endless day. - - (Linford mystery library)
   1. Science fiction.
   2. Large type books.
   I. Title II. Series
   823.9′12–dc22

   ISBN 978–1–44480–381–5

Published by
F. A. Thorpe (Publishing)
Anstey, Leicestershire

Set by Words & Graphics Ltd.
Anstey, Leicestershire
Printed and bound in Great Britain by
T. J. International Ltd., Padstow, Cornwall

This book is printed on acid-free paper